최인호의 인생 꽃밭

최인호의 인생 꽃밭

최인호

열림원

따지고 보면
우리들의 인생이란

신이 내려준 정원에 심은

찬란한 꽃들이 아니겠는가.

책머리에

10여 년 만에 글 모음집 『꽃밭』을 펴낸다. 지금까지 소설은 헤일 수 없이 많은 작품을 펴내었어도 막상 수필이나 단상을 모아 책을 내는 일은 드문 일이었다. 따지고 보면 이번 『꽃밭』에 에세이 형식의 글도 섞여 있지만 대부분의 작품들이 연작소설 형식을 취하고 있으니, 어쩌면 짧은 소설집이라고 해도 무방할 것이다.

조선의 세종조에 최한경이란 유생이 있어 자신의 인생을 기록한 『반중일기泮中日記』를 남겼는데, 여기에는 성균관 유생시절에 '박소저'란 여인을 사랑해서 지은 연애시가 한 수 실려 있다. 그 내용은 다음과 같다.

꽃밭에 앉아서 꽃잎을 보네.

고운 빛은 어디에서 왔을까. 아름다운 꽃이여.

어찌 그리도 농염한지

이렇게 좋은 날에, 이렇게 좋은 날에

그 님이 오신다면 얼마나 좋을까.

동산에 누워 하늘을 보네.

청명한 빛은 어디에서 왔을까. 푸른 하늘이여.

풀어놓은 쪽빛이네.

이렇게 좋은 날에, 이렇게 좋은 날에

그 님이 오신다면 얼마나 좋을까.

유생 최한경이 지은 이 아름다운 연시 중 "꽃밭에 앉아서 꽃잎을 보네坐中花園 膽彼夭葉"란 구절에서 '꽃밭'이란 제목을 빌려왔다.

따지고 보면 우리들의 인생이란 신이 내려준 정원에 심은 찬란한 꽃들이 아니겠는가.

수고도 하지 않고 길쌈도 하지 않아도 솔로몬의 영화보다 화려하게 차려입은 이 꽃들은 우리들에게 프레베르의 "인생은 아름답다고 죽도록 말해주고 싶어요, 하고 말하며 꽃들은 죽어간다"라는 시처럼 아름다운 인생을 말해주고 있다.

이제 나는 기다린다.

이 꽃밭에 그 님이 오시기만을. 그 님이 누구신지 아직 나는 모르지만 그 님은 마침내 내 생애의 '꽃밭'에 내가 바라던 손님으로 청포青袍를 입고 찾아오실 터이니. 아이야, 우리 식탁을 마련하자. 식탁 위엔 눈부신 은쟁반에 하이얀 모시수건을 마련해두자.

2007년 8월

최인호

차례

요즘 문득 느끼는 감정 중의 하나는 매일 아침 내가 새롭게 태어나고 있다는 느낌이다. 아침에 일어나면 어제까지 살아온 방법을 모두 잊어버린 사람처럼 하루가 낯설게 다가온다.

인생을 육십이 넘을 만큼 살아왔다면 사는 방법에 있어 나는 전문가라고 할 수 있을 것이다. 태어나서 지금까지 남들처럼 초등학교, 중·고등학교, 대학교를 졸업하고, 연애도 하고, 결혼도 하고, 군대도 다녀왔다. 남들이 하는 것 이상으로 경험도 해보고, 아이도 낳고 키웠다. 식성도 까다로운 편이 아니어서 먹을 만한 음식은 웬만하면 다 먹어보았고, 수많은 친구도 사귀고 술도 많이 마셨다. 외국 여행도 남들보다 많이 해서 안 가본 데가 거의 없고, 신문에 도 이름이 많이 났었다. 어찌된 일인지 화제의 중심에서 멀어진 적이 없어 항상 뉴스의 초점이 되었으며, 우리나라 작가 중 나만큼 글을 많이 쓴 사람도 없을 것이다. 책도 많이 팔렸으며, 시쳇말로 돈도 많이 벌었다. 두 아이도 무사히 결혼시켜 부모로서 할 의무도 다한 편이다.

그럼에도 불구하고 어느 날 아침 눈을 뜨면 갑자기 어제까지 살아왔던 인생의 방법을 모두 잊어버린 사람처럼 어리둥절해지고 당황할 때가 많이 있다.

마치 교통사고를 당해 잠시 뇌에 충격을 받아 식물인간이 되었다가 돌연 의식을 되찾은 것처럼 하루하루가 낯이 설다. 어쩌다가 아내와 둘이서 자장면을 먹을 때가 있다. 그럴 때면 문득 내가 먹는 자장면이 태어나서 생전 처음 먹는 음식처럼 느껴져서 두려워지기도 한다.

지금까지 먹은 자장면만 해도 아마도 수천 그릇은 될 것이다. 그런데도 자장면을 먹고 있으면 지금까지 한 번도 맛보지 못한 이상한 맛을 경험하는 것 같아 어리둥절해지곤 한다.

최근에 경험한 이상한 충격 중의 하나는 수염을 깎으면서였다. 나는 전기면도기로 수염을 깎는 것보다 항상 날이 선 면도칼로 수염을 깎는 것을 좋아하는 편이다. 외국으로 여행을 갈 때면 으레 호텔에서 일회용 면도기를 수집해 오는 버릇이 있다. 그래서 화장실 거울 앞에는 일회용 면도기가 수북이 쌓여 있다.

어느 날 아침 거울을 보면서 수염을 깎다 말고 갑자기 내가 지금까지 어떻게 수염을 깎았는지 그 방법이 떠오르지 않아 한참 동안 면도기를 들고 거울 속의 나를 바라본 적이 있다.

지금껏 나는 면도기를 들고 항상 수염이 난 방향의 반대쪽으로 깎아왔었다. 그렇게 되면 억센 수염의 뿌리가 날카로운 면도날에 의해서 잔인하게 베어져 나가는 자극적인 쾌감을 느끼게 된다. 그것은 남몰래 밀도살하는 정육업자가 짐승의 털을 깎는 것과 같은 아슬아슬한 스릴감마저 느끼게 한다. 잔인하게 수염을 깎고 나면 턱 근처엔 항상 칼에 베인 상처가 남게 마련이다. 더구나 일회용 면도기들은 조잡하게 만든 물건들이어서 수염을 깎고 나면 항상 입 근처에 상처를 남긴다. 한바탕의 밀도살이 끝난 후 스킨을 바르면 상처로 스며드는 미안수美顔水의 강렬한 자극이 느껴진다.

그런데 그날 아침은 어제까지 내가 깎아왔던 면도 방법이 문득 낯설게 느껴졌던 것이다. 나는 한참을 망설이다가 생전 처음 면도날을 수염이 난 방향을 따라서 결대로 밀어

보았다. 그러자 놀랍게도 수염은 마치 익숙한 주부들이 사과껍질을 나이프로 정교하게 깎듯 부드럽게 깎여 나가는 것이 아닌가.

그 순간 나는 어제까지의 수염 깎는 방법이 잘못된 것임을 알게 되었으며, 육십 평생 처음으로 제대로 된 방법으로 수염을 깎았다는 사실을 깨닫게 되었던 것이다. 그 이후부터 내 입가에는 면도날로 인한 상처는 더 이상 보이지 않게 되었다.

그렇다면 나는 도대체 어떻게 살아왔단 말인가. 수염을 깎는 매우 사소한 일상사마저도 나는 제대로 된 방법을 모른 채 그저 하루하루 떠밀리듯 살아왔음이 아닐 것인가.

요즘은 거의 술을 마시지 않는데, 일부러 금주선언을 해서도 아니고 그저 술을 마시는 그 자체에 흥미를 잃었기 때문이다. 예전에는 잠이 오지 않으면 으레 한밤중에 일어나 아편중독자들이 혈관 속에 주사바늘을 찔러 넣듯 독한 위스키를 잔에 따라 서너 잔씩 들이켜고 잠들곤 했었다. 그러나 최근 어느 날 밤, 잠이 오지 않아 집안 구석을 뒤져 위스키 병을 찾아낸 후 컵에 가득 술을 따른 후에도 나는 그것을 물끄러미 들여다보았을 뿐 마시지는 않았다.

한때는 나도 애주가였다. 저녁이면 으레 사람들과 어울려 술자리를 마련하였으며 황혼병처럼 해가 어두워지면 술을 마시지 않고 그냥 집으로 들어가는 것이 허전해서 무슨 핑계를 대서라도 술을 마시곤 했었다.

그런데 그날 밤 나는 컵에 위스키를 따라놓았으면서도 술 마시는 방법을 잊어버린 사람처럼 우두커니 앉아 있을 뿐이었다.

이게 무엇인가.

나는 위스키를 바라보면서 생각하였다. 한 번도 맛보지 못한 이상한 액체 하나가 불쑥 내 앞에 던져진 느낌이었다. 그래서 억지로 컵을 쥐고 한 모금 마셔보았는데, 몸서리치도록 그 맛이 쓰디썼다. 지금껏 한 번도 미각으로 경험해보지 못한 낯설고 혼란스러운 맛이었다. 그래서 나는 술 마시기를 포기하였다. 나는 다시 잠자리에 누우며 생각하였다.

그럼 어제까지 내가 마셨던 술은 도대체 무엇인가. 그것은 환상인가, 아니면 마법의 묘약인가.

어쩌다 오후 늦게 커피 한 잔을 마시면 그날 밤 쉽게 잠을 이루지 못한다. 그럴 때면 나는 또 생각하곤 한다. 하루에 열 잔을 마셔도 눕자마자 잠들던 나는 도대체 어디 갔는가. 그것은 분명 나의 전신前身이었단 말인가.

최근에 나는 아는 사람의 어머니가 돌아가셔서 고속열차를 타고 부산에 들렀다가 밤 열차로 집에 돌아온 적이 있었다. 서울에 도착한 것은 새벽 1시. 택시를 타고 집으로 돌아오면서 나는 차창 밖으로 스쳐가는 낯선 밤풍경에 공포를 느낄 만큼 충격을 받았다.

비틀거리며 거리를 걸어가는 취객들, 택시를 잡기 위해서 위험하게도 도로 한복판으로 나와 손을 흔드는 사람들, 악마의 눈처럼 화려하게 명멸하는 네온의 불빛들, 남자들을 유혹하기 위해서 추운 날씨에도 짧은 치마를 입고 걸어가는 젊은 아가씨들, 그녀에게 다가가 유혹하며 수작 부리는 남자들. 그 모습을 바라보면서 유괴되어 가는 인질처럼 나는 두려움을 느꼈다.

한때 그러한 밤풍경은 내게 몹시 낯익은 모습들이었다. 나 자신이 매일 밤 그러한 야유회에 초대 받은 사람으로 언제나 술에 취해 비틀거리면서 도시를 걸어 다녔고, 때로는 골목길에 목을 꺾고 토하기도 했었다. 때론 집에 돌아오면 아내는 불평 섞인 바가지를 긁었으며, 나는 옷도 벗지 않은 채 잠자리에 송장처럼 눕기도 했었다.

그런데 오랜만에 본 밤풍경은 내게 생소하기 짝이 없는 이국적 풍경이었던 것이다.

어제까지의 사는 방법을 모두 잊어버린 나는 그래서 저녁 6시면 서둘러 집으로 돌아온다. 집으로 돌아오는 그 방법만이 내가 가장 자신 있게 할 수 있는 행동이기 때문이다. 소파에 누워 텔레비전을 본다. 텔레비전을 보는 그 행동만이 내가 취할 수 있는 가장 자연스러운 행동이기 때문이다. 아들 녀석마저 장가를 보내 넓은 집에는 늙은 아내와 나뿐이다. 우리는 함께 텔레비전을 보고 아내가 한 밥을 맛있게 먹는다. 아내가 해준 밥만이 내가 안심하고 먹을 수 있는 일용할 양식이기 때문이다. 아내는 사과를 깎고 어떨 때는 감도 깎는다. 그 과일을 먹으며 나는 비로소 안심한다. 10시가 넘으면 우리는 서로 이별해 아내는 도단이의 방으로 들어가고, 나는 안방의 침대로 간다.

"잘 자요."

내가 말하면 아내는 대답한다.

"잘 자요."

어쩌다 밤에 잠이 깨면 나는 껍질을 벗은 애벌레처럼 우주의 낯선 별에서 혼자 잠든 어린왕자와 같은 고독감을 느낀다. 그럴 때면 유령처럼 일어나 거실에 서서 아파트 창문 앞에 펼쳐져 있는 중학교의 운동장을 쳐다보곤 한다. 새벽 2시가 넘었어도 운동장에서는 젊은이들이 축구를 하기도 하고, 인근 아파트 주민들이 산보를 하고 있는 모습이 보인다. 그러한 모습을 바라보면서 나는 무인도에 갇힌 로빈슨 크루소처럼 언젠가는 나도 아내와 둘이 그 운동장을 손잡고 걸어보리라 다짐한다.

그럼에도 불구하고 1년 이상 그 운동장을 바라보기만 할 뿐 걸어본 적은 없다.

인생이란 짧은 기간의 망명이라고 플라톤이 말했던가.

나는 지금 그 망명지에서 손꼽아 유배기간이 끝나기를 기다리는 사형수와 같다. 내 전생前生은 이미 흔적도 없이 사라졌다. 나는 이제 금생今生에 살고 있다.

꽃반지 끼고

아내와 함께 산 지 어느덧 35년, 결혼 35주년이 산호혼식珊瑚婚式이라는데, 내년이 바로 그해가 된다.

그뿐인가. 아내와 나는 해방둥이이니 올해로 둘 다 환갑을 맞게 되는 것이다.

그런데 이상한 것은 아직까지 아내가 한 번도 목청껏 부르는 노랫소리를 듣지 못했다는 것이다. 아내가 노래를 부르지 않는다는 사실은 이미 오래전에 『가족』에 쓴 적이 있고, 이를 이명세 감독이 〈나의 사랑 나의 신부〉에서 무단으로 도용한 적이 있어 꽤 알려진 사실인데, 그 내용은 다음과 같다.

결혼하고 나서 친구들을 불러 집들이를 하였는데, 아내

가 갑자기 행방불명이 되어버린 것이다. 집들이의 하이라이트는 뭐니뭐니 해도 신부를 불러다가 노래도 시키고, 춤도 추게 하는 일종의 골탕 먹이기인데, 아내가 없어지자 친구들은 난리도 아니었다.

"신부 어디 갔냐", "신부 죽었냐", "안 들어오면 쳐들어간다."

친구들이 난리굿을 쳐도 아내는 오리무중이었다. 화가 난 내가 찾아보니 아내는 연탄방에 숨어 있었다.

왜 숨어 있느냐고 물었더니 아내는 남 앞에서 한 번도 노래를 부른 적이 없다는 것이었다. 그럼 〈학교종〉이라도 부르고 나오라고 성화하였지만 아내는 요지부동이었다. 신혼 때부터 아내를 확 휘어잡지 않으면 체면이 아니라고 생각한 나는 벌컥 화를 내었는데, 그러자 아내는 질질 짜기 시작하였다.

초등학교 음악시간에도 노래만 불렀어도 수를 받을 수 있었는데 입을 벙긋도 하지 않아 최악의 성적을 받았다는 것이 아내의 설명이었다. 그날 나는 아내를 대신해서 노래를 세 곡이나 연거푸 부르고, 엉덩이로 '사랑한다'는 글씨를 쓰고 나서야 겨우 해방될 수 있었는데, 그 이후부터 나는 아내를 노래 못 부르는 사람으로 생각하고 있었다.

남 앞에서 노래를 부를 때면 갑자기 목이 메는 심리적

결함을 갖고 있거나 아니면 음정과 박자도 못 맞추는 음치일 거라고 생각하고 있었는데, 첫아이 다혜를 낳고 나서 어느 날 나는 아내의 자장가 소리를 듣고 깜짝 놀란 적이 있었다.

아내는 다혜를 재우며 '자장자장 우리 아가 옥같이 어여쁜 우리 아가야 귀여운 너 잠들 때 하느적 하느적 나비 춤 춘다'는 자장가를 부르는 것이다. 비록 높은 옥타브의 노래는 아니나 박자뿐 아니라 음정도 정확하고 목소리도 낭랑하였다. 그래서 나는 아내가 음치여서가 아니고 또한 갑자기 목이 메는 심리적 원인도 아닌 다만 남 앞에서 노래를 부른다는 사실 자체를 싫어하는 성격 때문임을 확인할 수 있었던 것이다.

그 이후부터 나는 아내에게 굳이 노래 부르기를 강요하지 않는다. 어쩌다 친구 부부들과 모임을 가질 때 번갈아 노래를 부를 때에도 나는 아내를 대신해서 노래를 부르거나 아내의 차례가 오면 갑자기 감기에 걸려 목이 쉬었다는 식으로 변명을 하곤 했었다.

아내와 둘이서 일요일마다 성당에 나가면서도 나는 아내의 목소리를 듣지 못한다. 나는 그것이 참 신기하다.

분명히 찬송가 책을 들고 있고, 성가대의 노랫소리에 맞춰 노래를 부르고 있지만 목소리는 나오고 있지 않은 것이다. 아내는 입만 벙긋벙긋하며 노래를 좇아가고 있을 뿐 목소리는 내고 있지 않는 것이다. 이른바 레코드음악을 틀어놓고 입만 벙긋거리며 립싱크를 하는 가수들처럼 아내는 노래 부르는 것을 흉내만 내고 있을 뿐이었다.

남 앞에 나서기를 싫어하고, 자신의 존재를 드러내기 싫어하는 아내의 성격을 물론 나는 존중하고 있지만 태어나서 단 한 번도 목청껏 노래를 부른 적이 없다는 노파심에 나는 일부러 아내 곁에서 큰 소리로 목청을 높여 성가를 부른다. 그러면 아내가 자신도 모르게 목소리를 높여 따라 부르게 되지 않을까 하는 마음으로. 그러나 아내는 여전히 벙어리다. 입만 벙긋거리는 벙어리 합창단원인 것이다.

그런데 지난 연말 아내의 노랫소리를 듣는 혁명적 사건이 일어났다. 새로 이사 간 아파트에는 고등학교 동창생이 일곱 명이나 살고 있는데, 다섯 가족이 모여 함께 망년회를 한 것이었다. 그중 가장 막내라고 해도 나보다 겨우 여섯 살 아래인 중늙은이인데, 그 부인은 H대 교수로 성격이 활달하고 유쾌한 분이었다. 저녁식사가 끝나면 노래방에서 광란의 밤을 보내기로 했는데, 무조건 노래 두 곡은 준비하고 와야 한다는 것이 그 여인의 엄명이었다. 그렇지 않아도 노래 부르는 것에 공포를 갖고 있는 아내는 떠날 때부터 이를 걱정하고 있었다.

"어떻게 하지, 여보. 어떻게 하지."

"걱정도 팔자다. 정 안 되면 내가 대신 불러주면 되잖아."

나는 대수롭지 않게 생각하였는데, 실제로 그날 밤 광란의 밤이 벌어지고부터는 사정이 달라졌다. 그 여인은 위스키와 맥주를 섞어 신폭탄주를 제조해 한 잔씩 한숨에 들이켜기를 명령한 후 한 사람씩 나와서 노래를 불러야 한다는 것이었다. 아내는 자기 차례가 다가올수록 울상이 되었으나 이것은 지상명령이었다. 마침내 아내의 차례가 되었을 때 나는 아내가 신혼 때처럼 어디론가 도망쳐 행방불명이 되거나 가출해버리지 않을까 조마조마하고 있는데, 갑자기 노래방 기계에서 〈꽃반지 끼고〉란 노래가 흘러나오기 시작하였다.

아내는 도살장에 끌려가는 소처럼 마이크를 들고 무대로 나가고 있었는데, 나는 본능적으로 아내를 도와주기 위해서 다른 마이크를 들고 아내 곁으로 돌진하였다. 아내와 나는 합창으로 노래를 부르기 시작하였다.

"생각난다 그 오솔길 그대가 만들어준 꽃반지 끼고 다정히 손잡고 거닐던 오솔길이 이제는 가버린 가슴 아픈 추억……."

나는 아내와 노래를 부르면서 생각하였다. 비록 목청껏 부르는 큰 소리의 노래는 아니지만 아내와 둘이서 부르는 이 노래는 도대체 얼마 만인가. 아내와 노래방에 간 것이 평생 이것이 두세 번째이니, 아내와 둘이 부르는 이 이중창은 아마도 이것이 처음일 것이다.

일요일에도 못 듣던 노랫소리가 아내의 입에서 노래방 마이크를 타고 또렷또렷 흘러나오고 있었다. 그러자 내 가슴속으로 노래의 가사처럼 그 옛날의 오솔길이 떠오르는 느낌이었다. 길가에 피어난 클로버를 따서 반지를 만들고 그것을 손가락에 끼고 다정히 손잡고 거닐던 오솔길, 아아 생각난다. 저 노래가 유행하던 것이 1970년대 초반이던가. 그때 빛나는 처녀였던 아내는 나보다 더 사랑했던 첫사랑의 연인과 꽃반지 끼고 오솔길을 거닐었을지도 모른다. 그것이 무슨 질투가 나랴. 아내가 처녀시절 첫사랑의 청년과 꽃반지를 끼든 키스를 하든, 그것은 모두 가버린 가슴 아픈 추억일 뿐.

나는 아내를 부둥켜안았다. 그리고 아내와 함께 노래를 계속 불렀다.

"생각난다 그 바닷가 그대와 둘이서 쌓던 모래성 파도가 밀리던 그 바닷가도 이제는 가버린 아름다운 추억 정녕 떠나버린 당신이지만 그대로 잊을 수 없어요 여기 당신이 준 꽃반지를 끼고 당신을 생각하며 오솔길을 걷습니다 그대가 만들어준 이 꽃반지 외로운 밤이면 품에 안고서 그대를 그리네 옛일이 생각나 그대는 머나먼 밤하늘의 저 별…….”

아내를 부둥켜안고 노래를 부르며 나는 생각하였다. 하느님, 제가 안고 있는 이 여인은 노래의 가사처럼 머나먼 밤하늘의 저 별입니다. 알퐁스 도데의 「별」에 나오는 아름다운 문장처럼 지친 별 하나가 내 가슴에 와서 유성이 된 것입니다. 우리는 함께 꽃반지를 끼고 모래성도 쌓았습니다. 그것이 벌써 35년이 되었습니다. 정녕 언젠가는 둘 중의 하나가 먼저 떠나게 될 것입니다. 그러나 그날이 온다 하더라도 서로를 잊지 않는 별이 될 수 있도록 은총을 내려주소서.

베토벤은 말하였다.

“작은 뜰, 작은 예배당 그 가운데서 흘러나오는 전능하고 영원무궁한 영광을 위해 나는 노래를 작곡하고 연주하는 것이다.”

베토벤의 말처럼 작은 뜰이자 작은 수도원인 아내의 몸에서 나오는 작은 노래야말로, 35년 만에 부르는 전능하고 영원무궁한 신의 영광을 위한 ‘장엄미사곡’이라고 나는 생각한다.

물에 관한 명상

철학의 아버지인 그리스 철학자 탈레스는 기원전 6세기 경 "만물의 근원은 물이다"라고 말하였다. 즉 '물은 우주 모든 것의 기본적인 요소'라고 하는 '일원론'을 제창하고 모든 물질은 물이 형태를 달리하는 것이라고 말하였다.

그는 물은 때로 눈이 되며 안개, 우박, 비와 얼음, 수증기가 됨으로써 액체에서 고체로, 고체에서 기체로 변화하는 모습에서 그런 원리를 발견했던 것이다. 그리하여 다시 엠페도클레스는 흙, 공기, 불과 함께 물을 만유의 원소라고 하는 '사원소설'을 제창하였다.

뿐 아니라 석가모니는 우리들의 인간은 지수화풍 즉 흙과 물, 불 그리고 바람이라는 4원소로 이루어지고 있다고 말하였다.

이처럼 이 세상 모든 만물은 물에서부터 나오고 물에서부터 태어나며 물에 의해서 살아간다. 그러므로 물은 우리의 생명이다. 우리의 인체는 70%가 물로 이루어지고 있다. 이 지구의 70%가 바다이며 30%가 육지듯이 우리의 인체는 30%의 육체와 70%의 물로 이루어져 있다. 그런 의미에서 우리의 인체는 지구이며, 우리의 육체는 육지와 같다. 따라서 물의 오염은 생명의 오염과 같다. 물이 병들면, 우리의 육체도 병든다. 지구가 오염되면, 우리의 생명도 오염된다. 바다가 죽어가면, 우리의 생명도 죽음에 이르게 되는 것이다.

물은 수소 두 개와 산소 한 개로 이루어진 비교적 단순한 물질이다. 화학식은 H_2O로 되어 있다. 또한 물은 0도를 중심으로 그 이하에서는 얼음이 되어 고체가 되며, 그 이상인 100도에서는 끓어 기체가 된다.

동양의 철학자 노자老子는 『도덕경』에서 물에 대해 다음과 같이 말하였다.

"최상의 선은 물과 같다上善若水."

노자는 최상의 덕을 지닌 사람은 물과 같다고 말한 후 물에는 세 가지 특성이 있다고 덧붙여 말하였다.

그 첫째는 "물은 선하여 만물을 이롭게 하지만 다투지

는 않는다"는 말이다. 물은 만물을 능히 키워낸다. 우리들 사람은 물론 모든 동물들과 벌레들은 물에서 자라고 물에서 생명을 얻는다. 이 세상 모든 나무들과 꽃, 풀들도 물 속에서 양분을 얻으며 물과 햇볕을 통해 광합하여 푸른 생명을 지닌다. 만물을 능히 키워냄에도 불구하고 물은 이를 자랑하지 아니한다. 물은 침묵한다. 물은 그 자체로는 말이 없다.

그 둘째는 "물은 본성이 부드럽기에 자연을 좇으며 다투지 아니 한다"라고 말하였다. 물은 부드러움의 극치이다. 물은 그 자체로는 형태가 없다. 물은 그릇에 넣으면 그릇의 형태를 닮고, 병 속에 넣으면 병의 형태를 닮는다. 붉은 물감을 넣으면 붉은 물이 되며, 푸른 물감을 넣으면 푸른 물이 된다. 차를 넣으면 차가 되고, 커피를 섞으면 커피가 된다. 주정을 넣으면 술이 되며, 독을 넣으면 독약이 된다. 물은 그 무엇이든 받아들인다. 물은 너무 부드러워 또한 너무 약하게 보인다. 그러나 그 부드러움이 바윗돌을 뚫는다. 그 부드러움이 산을 깎고 깊은 골짜기를 만들며 단단한 암석을 침식한다. 밀려오는 격랑은 끊임없이 해안선을 침식하며 섬이나 대륙의 형태를 변화시킨다. 물은 또한 기후를 좌우하며, 모든 식물이 뿌리를 내리는 토양을 만드는 힘이 된다. 또한 물은 증기나 수력발전을 통해 전기를 만드는 원동력이 되었으며, 전기가 마침내 현대문명을 꽃피웠다면 그 화려한 문명의 근원에는 물이 존재하고 있는 것이다. 따라서 물은 서로 다투지 않는다. 예부터 이런 말이 있다.

"흐르는 물은 서로 다투지 않는다流水不爭先."

물은 서로 경쟁하지 않고 싸우지도 않는다. 물은 잠시 가둘 수는 있지만 소유할 수는 없다. 그러므로 갇히거나 고인 물은 썩어버린다.

물은 재물과도 같다.

조선조의 무역왕 임상옥은 말했다.

"재물은 물과 같이 평등하며 인간은 저울처럼 바르다."

이 말은 진리다. 재물은 물과 같다. 따라서 재물은 물처럼 순환하여야 한다. 수증기가 하늘로 올라가 구름이나 비가 되고, 눈이 되어 지표면에 내린 다음, 다시 모여 강이 되고, 바다로 흘러가듯 끊임없이 순환하여야 한다. 물을 소유하려면 부작용이 따르듯 재물을 지나치게 소유하려고 하면 둑이 무너져 모든 것을 한꺼번에 잃어버리게 될 것이다.

또한 물은 높은 물도 없고, 낮은 물도 없이 저울처럼 공평하다. 물은 모두 함께 바다에 이른다. 서로 싸우지도 않고, 다투는 일도 없이 서로 함께 바다로 흘러가는 것이다.

또한 노자는 말했다.

"물은 모든 사람이 싫어하는 낮은 곳에 처신한다."

물은 높은 곳에서 낮은 곳으로 흐른다. 그러나 단 하나의 예외가 있다. 분수다. 분수는 낮은 곳에서 높은 곳으로 솟아오른다. 그러나 그것은 인위적이다. 사람들은 그 누구나 낮은 자리를 싫어한다. 그러나 물은 낮은 곳을 향해 흐른다. 물의 일생은 낮은 곳으로의 여행과도 같다. 그러므로 물은 겸손하다. 그러나 낮은 곳으로의 여행이야말로 물의 평화를 이룬다. 그 개울은 하천이 되고 내를 이룬다. 물들은 서로 어깨동무를 하고 졸졸 노래를 부르기도 한다. 그러나 그 어떤 물도 서로 다투는 일은 없다. 그리하여 물들은 대화합의 강이 되어 흐른다. 강은 자신의 주위에 평야를 창조하며 마른 대지의 뿌리들을 적신다. 바다는 물에 있어 죽음처럼 보인다. 그러나 바다에 이른 물은 죽지 않는다. 죽은 것처럼 보이는 물은 다시 부활하여 하늘로 솟아올라 영원한 생명의 기원이 된다.

물이 흘러간 여정을 우리는 기록한다. 그것을 지도地圖라고 부른다. 지도는 물의 역사이다. 인간은 누구나 역사 속의 인물로 남길 바란다. 그러나 물은 지도를 따라 흘러가는 것이 아니라 오직 자신의 본성에 의해서 낮은 곳을 따라 흘러가는 것뿐이다. 뛰어난 영성을 지닌 옛 성인들의 덕은 이와 같다. 그들은 전혀 드러낸 적이 없다. 그들은 그냥 물처럼 낮은 곳을 향해 흘러가는 일생을 보냈을 뿐이다. 그럼에도 불구하고 그들의 생은 영원히 기록된다. 그리고 영원히 잊히지 않을 것이다.

물은 만물의 모습을 있는 그대로 비추는 거울이다. 물은 정직하며 전혀 거짓말을 할 줄 모른다. 또한 물은 온갖 더러움을 세정한다. 온갖 더러운 물건들이 물에 의해서 깨끗해진다. 그러나 물에 의해서 깨끗해지는 것은 물이 그 더러움을 고스란히 받아들여 스스로 희생하였기 때문이다.

물은 우리의 혈관 속에서도 흘러내린다. 그것을 우리는 피라고 부른다. 그 붉은 피에 의해서 우리는 사랑하게 된다. 또한 우리의 눈에서도 물이 흘러내린다. 그것을 우리는 눈물이라 부른다. 그 눈물에 의해서 우리의 영혼은 정화된다. 눈물은 우리 마음의 상처를 치유하는 최고의 묘약이다. 눈물은 물이 빚어낸 최고의 보석이다. 나는 내 손에 1캐럿짜리 다이아몬드 반지를 끼기보다는 내 눈에서 한 방울의 눈물이 흘러내리기를 소망한다.

오, 나의 태양!

나는 유난스럽게도 햇볕을 좋아한다. 10여 년 전 새집을 지을 때 설계를 맡은 건축가에게 부탁한 유일한 조건이 온 집 안에 어항처럼 햇빛이 많이 들어올 수 있도록 해달라는 것뿐이었을 정도다. 내가 아는 사람 중에는 유난히 비가 오는 날을 좋아하여 비만 오면 우산도 받치지 않고 거리를 쏘다니는 사람도 있고, 흐린 날씨의 음울한 분위기를 좋아하는 사람도 있지만 나는 단연 눈부신 햇살이 가득한 화창한 날씨를 좋아한다. 제일 좋아하는 계절도 여름이어서 여름이면 몸의 컨디션도 최고조에 이르며, 지금껏 가장 왕성한 활동을 벌인 시기도 대부분 한여름이었다. 여름 중에서도 태양이 가장 이글거리는 성하의 폭염을 특히 좋아한다.

잘 아는 한의사 중에 유명한 여자 분이 있는데, 그분은 내가 태양인太陽人체질이어서 그런 모양이라고 진단을 내렸다. 어쨌든 내가 태양인이어서 그런지는 모르지만 나는 유난히 태양을 좋아한다.

지난여름 중국의 서안을 여행한 적이 있었는데 서안은 건조한 내륙지방이라 한여름에는 섭씨 40도가 넘을 정도로 무더위가 심한 곳이었는데도 나는 그늘을 찾아다니지 않고 강렬한 태양이 이글거리는 양지만을 일부러 골라 다녔다.

그뿐인가. 그리스의 포세이돈 신전을 찾아가는 바닷가에서 나는 줄곧 웃통을 벗어던지고 맨몸으로 지중해의 눈부신 태양을 쬐면서 일광욕을 했다.

함께 여행했던 일행들이 내가 더위를 먹을까봐 걱정하였지만 나는 이렇게 말하면서 그들을 안심시키곤 하였다.

"태양은 내 에너지원이야. 나는 태양을 받으면 받을수록 시금치를 먹은 뽀빠이처럼 기운이 나거든."

그러고 나서 나는 한바탕 〈오 솔레 미오〉란 노래를 불러대곤 했었다. 〈오 솔레 미오〉는 태양을 노래한 이탈리아 가곡으로 내가 좋아하는 노래 중 하나인데, 특히 파바로티가 부르는 이 노래를 듣고 있으면 나는 문득 지중해의 바다 위에 떠 있는 폭풍우가 지난 후의 찬란한 태양의 이미지를 떠올리곤 했었다.

프랑스의 철학자 시몬느 베이유는 『노동일기』에서 다음과 같이 태양을 노래하고 있다.

"우리는 태양 에너지가 없으면 살아갈 수 없으므로 그것을 흡수하고 있다. 우리를 지탱시키고, 근육을 움직이는 육체적인 행동을 하게 하는 것은 바로 태양 에너지이다. (…) 나무에 물이 오르고 두 손으로 무거운 짐을 들어올리는 힘도 결국 태양의 힘인 것이다. 그런데 이 에너지는 접근할 수 없는 원천에서 비롯되며, 따라서 우리는 태양을 향해 단 한 발자국도 다가설 수 없는 것이다. 하지만 이 에너지가 우리를 감싼다 하더라도 우리는 그것을 가질 수 없다. 다만 엽록소라는 성분만이 우리 대신 태양의 에너지를 얻어낼 수 있는 것이다. 이 에너지로부터 태양 에너지를 얻어낼 수 있는 것이다. 태양 에너지는 엽록소에 의해서 고체로 변화되어 우리의 빵과 포도주, 기름과 과일이 되는 것이다."

스스로 스페인 내전에 참여하였던 실천적 노동가로서 '완전한 순수'라고 불리는 성 시몬느 베이유의 말처럼 내 몸속에는 엽록소가 들어 있는 모양이다. 모든 식물들이 엽록소를 통해 광합성 에너지를 태양으로부터 얻어내듯 나는 태양이 없으면 금방 생명력을 잃어버린다.

실제로 나는 이따금 우울증에 시달릴 때가 있는데, 그럴 때면 대부분 태양빛이 부족한 한겨울에 그런 증세가 심해지는 것을 본능적으로 알 수 있다. 올해로 청계산에 매일매일 등산한 지 벌써 8년째가 되는데, 그것은 건강상의 이유 때문이기보다는 우울증을 치유하기 위함인 것이다.

한겨울에도 산을 오르고 태양빛을 쬐면 나는 엽록소를 통해 광합성의 자양분을 만들어낸 나무처럼 우울증이 깨끗이 사라져버리고 생생한 삶의 열정을 느끼게 된다.

요즘 내가 많이 받는 질문 중 하나가 "왜 이렇게 젊어 보이고 청년처럼 보이십니까" 하는 질문인데, 그럴 때면 나는 이렇게 대답하곤 한다.

"바로 태양 때문이지요."

그러면 사람들은 내 대답을 상징적으로 받아들이며 의아한 표정으로 되묻곤 한다.

"태양 때문이라니요."

나는 손을 들어 하늘에 뜬 태양을 가리키며 다시 대답한다.

"바로 저 태양 때문이라니깐요."

그럼에도 불구하고 사람들은 내 대답을 있는 그대로 받아들이지 않는다. 내 대답을 무슨 비유와 암시로만 받아들일 뿐인데, 사실 내 대답은 가장 직설적인 표현인 것이다.

실제로 태양은 내게 있어 힘의 원천이다. 일이 없는 날은 하루 종일 벌거벗고 커튼을 활짝 열어젖히고는 눈부신 햇살 속에서 나는 빈둥거리기를 좋아한다. 사는 것이 힘들고, 외롭고, 우울하다고 느끼는 사람들의 특징은 상대적으로 어두컴컴한 골방에 틀어박혀서 무기력한 잠에 빠져드는 것이 보통인데, 햇볕은 실제로 숨어 있는 곰팡이를 없애주기도 하지만 우리들의 의식 속에서 독버섯처럼 자라나는 절망과 우울, 슬픔과 소외의 곰팡이를 말끔하게 청소해낸다는 사실을 현대인들은 너무나 모르고 있는 것 같아 나는 그것이 안타까울 정도다.

일찍이 그리스 철학자였던 디오게네스는, 행복이란 인간의 자연스러운 욕구를 가장 쉬운 방법으로 만족시키는 것이며 따라서 자연스러운 것은 감출 필요도 없고 이 원리에서 벗어나는 것은 반자연적이라는 것을 역설하면서, 가난하지만 자연스러운 생활을 실천하였던 자연인이었다.

하루는 디오게네스가 일광욕을 하고 있을 때 그의 소문을 듣고 찾아온 알렉산더 대왕이 그에게 물었다.

"스승이시여, 그대의 소원이 무엇입니까?"

그러자 디오게네스는 이렇게 대답하였다.

"대왕마마, 제 소원을 무엇이든 들어주시겠습니까?"

정복왕 알렉산더는 자신 있게 고개를 끄덕이며 말하였다.

“물론입니다. 무엇이든 들어드리겠습니다.”

그러자 디오게네스는 단숨에 말하였다.

“대왕마마, 대왕마마의 그림자가 햇볕을 가리고 있습니다. 하오니 그곳에서 비켜주시옵소서.”

알렉산더 대왕은 그곳을 물러나오면서 다음과 같이 말하였다고 전해지고 있다.

“내가 알렉산더 대왕이 아니었다면 디오게네스가 되기를 바랐을 것이다.”

물론 디오게네스의 대답은 천하를 정복하는 그 어떤 권력보다도 벌거벗은 가장 자연스러운 방법으로 일광욕을 즐기는 행복이 더 귀하며 그 행복을 방해하지 말라는 철학적 의미를 담고 있는 말이기도 하지만 나는 개인적으로 디오게네스의 대답을 있는 그대로 받아들이고 싶다.

나와 같은 사람에게 지상의 권력자가 찾아와 무슨 소원이든 들어주겠으니 소원이 무엇이냐고 물을 일은 결코 없겠지만, 나 역시 이 지상의 찬란한 궁전보다는 한 줌의 햇볕이 더 소중한 행복임을 부인하지 않을 것이다.

매일 아침 태양은 떠오르고 나는 햇볕 속에서 깨어난다. 해가 뜨는 것을 보면서도 하느님이 계시지 않다고 주장하는 사람을 이해할 수 없다는 마틴 루터의 말처럼 나는 태양이 익힌 빵과 포도주를 마시고, 태양빛에 빨갛게 물든 사과를 먹는다.

햇빛 속을 걷고, 햇빛이 있어 더욱 빛나는 그대의 눈동자를 마주 보고, 햇빛 속에서 뜨거운 그대의 손을 마주 쥘 수 있으니. 오, 태양이여, 오 나의 태양이여, 너 참 아름답다. 폭풍우 지난 후 더더욱 찬란하다. 우리의 삶이 어디서 와서 어디로 가는지 알 수는 없으나 이 지상에 머물러 있는 그때까지 나의 태양이여, 나에게 뜨거운 열정을 다오.

내 몸속에는 엽록소가 들어 있는 모양이다.

한겨울에도 산을 오르고 태양빛을 쬐면

엽록소를 통해 광합성의 자양분을 만들어낸 나무처럼
생생한 삶의 열정을 느끼게 된다.

물도 선물이 될 수 있다

영국 시인 바이런은 생전에 많은 여인과 사랑을 나누었던 로맨티스트였다. 그는 이탈리아를 여행하던 중 베니스에서 전세를 들었던 집주인의 아내와도 연애를 했다. 하루는 그 여인에게 아름다운 보석 목걸이를 선사하였다. 며칠 후, 그 부인의 남편이 바이런에게 보석을 사라고 했다. 그것은 바이런이 선물했던 보석 목걸이였다. 바이런은 값을 깎지 않고 그 목걸이를 사서 다시 그 부인에게 선물했다고 한다.

이 에피소드에서 알 수 있듯이 바이런이 그 부인에게 준 선물은 환심을 사기 위한 일종의 뇌물이며, 받아들인 부인 역시 바이런이 준 목걸이를 하나의 값비싼 상품으로밖에 생각지 않았던 것이었다. 그러니까 두 사람 사이에 오간 보석 목걸이는 마음에서 우러나온 선물이 아니라 하나의 거래에 지나지 않는 것이다.

오래전에 내게 영세를 주셨던 신부님이 어느 날 플라스틱 물통 하나를 들고 집을 찾아오신 적이 있었다. 무슨 물이냐고 했더니 자신이 묵고 있던 수도원의 물맛이 너무 좋아서 내게 줄 겸 한 통 들고 왔다는 것이었다. 냉장고에 넣어두고 며칠 동안 마시면서 나는 혼잣말로 중얼거리곤 했었다.

"아, 그렇구나. 물도 훌륭한 선물이 될 수가 있구나."

물론 선물이란 아무리 사소한 것일지라도 마음에서 우러난 것이면 그 진가는 큰 것이며, 아무리 값비싼 것이라도 대가를 위한 미끼일 경우에는 그 진가는 적을 것임을 나는 모르지 않는다. 그러나 그렇다고 하더라도 마음이 실리지 않은 사소한 물건은 받은 사람을 불쾌하게 하는 것이다. "선물이 중요한가, 마음이 중요하지" 하고 말하는 사람들을 종종 보는데, 나는 그 말에 동의하지 않는다. 상대방에 대한 배려나 성의가 없으면 선물하고 싶은 마음마저 생기지 않기 때문인 것이다. 그래서 프랑스의 3대 고전 희곡작가인 코르네유는 "선물하는 물건보다 선물하는 방법이 중요하다"고 말하고 있는 것이다.

나는 가끔 내가 받은 선물 중에 기억할 만한 물건이 있는가 하고 생각해보곤 한다. 나는 때마다 분에 넘치는 선물들을 받곤 한다. 해마다 명절이면 많은 지인들로부터 선물을 받고 지금 쓰고 있는 이 만년필도 어느 광고회사에 강연을 나갔다가 받은 선물이다. 그러나 대부분의 선물들은 기억조차 나지 않고 곧 잊히곤 한다. 심지어 어떤 선물들은 받는 즉시 버려지거나 못 쓰는 물건으로 쓰레기가 되고 만다. 그 이유는 간단하다. 그 선물들이 값싼 물건들이어서가 아니라 있으나 마나 한 물건들이기 때문인 것이다. 말하자면 남에게 주기 아까운 물건들이 아니라 내게 있어, 있어도 그만 없어도 그만인 물건들을 선물 받았기 때문인 것이다.

나는 그 이유를 잘 알고 있다. 그것은 내가 남에게 그런 식으로 선물을 보냈기 때문이다. 나는 평소 게으른 성격이라서 남에게 선물을 해본 적이 그리 많지 않다. 선물할 물건을 고르고, 그것을 보내는 과정을 귀찮아하기 때문이다. 그러나 그것은 자랑이 되지 못한다. 그것은 남을 생각하는 사랑의 마음이 결핍된 때문인 것이다. 나 역시 내가 정말 아끼고 간직하고 싶은 물건을 선물한 적이 없다. 내게 있어도 좋고 없어도 그만인 물건을 선물하고 있는 것이다. 내가 그러한 물건들을 남에게 보내고 있으니 나 역시 그러한 선물들을 받고 있는 것이다.

몇 달 전 법정 스님이 한 TV 프로그램에 나와서 말하는 것을 인상 깊게 본 적이 있다.

남에게 물건을 주려면 반드시 살아 있을 때 주라는 것이었다. 왜냐하면 사람이 죽으면 그 사람이 가졌던 물건도 함께 죽기 때문이라는 것이었다.

법정 스님의 말은 내게 많은 생각을 불러일으켰다. 실제로 사람이 죽으면 그가 소유했던 물건도 함께 죽는다. 죽은 사람이 입었던 옷을 기꺼이 입는 사람은 없지 않은가. 옷과 같은 무생물이라 할지라도 사람과 더불어 생명력을 잃어버리기 때문인 것이다.

따라서 법정 스님의 말은 내게 '살아 있을 때 물건을 나누어주라'고 느껴지지 않고, 남에게 '살아 있는 물건'을 나누어주라는 느낌으로 받아들여진 것이다.

과연 나는 남에게 죽어 있는 물건이 아니라 살아 있는 물건을 나눠주고 선물한 적이 있는가. 나는 대부분 내게 있어도 좋고 없어도 그만인 죽은 물건만을 나눠주고 있지 않은가. 쓸모없는 물건을 남에게 주는 것보다 차라리 현금을 선물하는 편이 낫다고 생각하여 마치 결혼식장에 축의금을 내듯 흰 봉투를 내밀지 않았던가.

미국의 철학자이자 시인인 랄프 왈드 에머슨은 선물에

대해 다음과 같이 말하였다.

"반지나 보석은 선물이 아니다. 유일한 선물은 너 자신의 일부분이다. 그래서 시인은 자신의 시를 바치고, 양치기는 어린 양을, 농부는 곡식을, 광부는 보석을, 사공은 산호와 조가비를, 화가는 자신의 그림을, 그리고 처녀는 자기가 바느질한 손수건을 선물한다."

에머슨의 말처럼 값비싼 보석보다 자신이 애써 가꾸어 수확한 한 줌의 곡식을 선물하는 농부의 마음이 더 값진 선물일 것이다.

이따금 나는 아내의 마음에 감탄하곤 한다. 아내는 남에게 선물할 때에는 혼신의 힘과 온갖 노력을 기울인다. 그리고 아내는 자신이 정말 갖고 싶어 남에게 절대 주고 싶지 않은 물건들을 골라 남에게 선물하는 것이다. 그렇다고 무엇을 바라거나 어떤 대가를 기대하지 않는다. 평소 사회활동을 하지 않고 만나는 사람도 없어 거의 집에서 은둔생활을 하고 있는 전업주부인데도 아내는 자신이 만나는 사람들 거의 모두에게 선물을 하고 있다. 그런데 놀라운 것은 아내가 주는 선물들은 죽어 있는 물건들이 아니라 살아 있는 물건들이라는 것이다. 그래서일까. 아내는 남으로부터도 많은 선물들을 받곤 하는데, 그 선물들 역시 죽어 있는 물건들이 아니라 살아 있는 물건들인 것이다.

한의사의 부인인 아내의 친구는 환절기가 되면 한약을 달여오고, 돌아가신 화가는 아내를 위해 자신이 그린 그림과 편지를 보내온다. 아내는 지금도 가끔 그 편지를 꺼내 읽으며 혼자서 눈물을 흘린다. 그 편지를 내가 본 적이 있는데 꽃이 예쁘게 그려진 그 편지에는 마치 동성연애를 하는 것처럼 서로를 그리워하는 마음이 짙게 배어나오고 있는 것이다.

명색이 작가인 나이지만 남에게 그런 편지를 써본 일도 없고, 그런 편지를 받아본 적 없으니, 그 이유야 간단하지 않은가.

내가 그만큼 마음을 다해 남에게 선물을 해본 적이 없다는 것은 그만큼 내가 남을 사랑하지 않았다는 산증거가 아닐 것인가.

그렇다.

선물은 하나의 물건이 아니다. 선물의 교환은 물물교환이 아니다. 그것은 사랑의 교환인 것이다. 사랑의 교환에 무슨 값비싼 선물이 필요할 것인가. 에머슨의 말처럼 농부에게는 곡식이, 처녀에게는 자신이 바느질한 손수건이 최고의 선물이 아닐 것인가.

며칠 전 박완서 선생님을 만난 적이 있다. 경우 바르고, 깍쟁이 같은 박 선생님이 대뜸 내 아내를 한번 만나고 싶다고 했다.

"왜요?"

의아해서 내가 묻자 박 선생님이 말하였다.

"그쪽 아내가 마음이 착하다고 해서 말이야. 이두식 씨 부인(아내의 친구였는데 1년 전쯤 돌아가셨다)이 생전에 그렇게 그쪽 아내를 칭찬했거든. 그래서 한번 보고 싶어서 말이야."

거기까지는 좋았는데 박 선생님은 내게 말하였다.

"당신 같은 잡놈이 그런 아내와 사는 것을 행복으로 알라고. 그나마 당신이 사람 구실 하는 것은 모두 아내 때문인 줄 알라고."

겸연쩍어서 내가 한마디 했다.

"아이고 선생님, 그런 아내를 거느리고 사는 저도 그만하면 훌륭하지 않습니까."

한마디 했다가 나는 된통 혼이 났다.

"못생긴 남자는 저래요."

박 선생님은 웃으면서 말하였다.

"우리 여자는 말이야, 누가 자기 남편 칭찬하면 그것을 자기의 기쁨으로 받아들이는데, 못생긴 남자는 그걸 용납지 못해서 꼭 자기 자랑으로 알거든. 에이 못난이, 못난 사람."

그래요, 박 선생님. 나는 못난 사람입니다. 아내를 자랑하는 팔푼이 중의 팔푼이입니다.

나는 왜 조그만 일에만 분개하는가

내가 좋아하는 시 중에 「어느 날 고궁을 나오면서」란 시가 있다. 시인 김수영 씨가 쓴 시로 첫 두 연은 다음과 같다.

> 왜 나는 조그마한 일에만 분개하는가/저 왕궁 대신에 왕궁의 음탕 대신에/오십 원짜리 갈비가 기름덩어리만 나왔다고 분개하고/옹졸하게 분개하고 설렁탕집 돼지 같은 주인년한테 욕을 하고 옹졸하게 욕을 하고//한번 정정 당당하게/붙잡혀간 소설가를 위해서/언론의 자유를 요구하고 월남 파병에 반대하는/자유를 이행하지 못하고/이십 원을 받으러 세 번씩 네 번씩/찾아오는 야경꾼들만 증오하고 있는가

김수영의 이 시는 50, 60년대의 암울했던 우리의 현실 속에서 정면으로 사회의 부조리에는 감히 저항하지 못하면서, 어느 날 고궁에 갔다가 나오면서 우리의 역사와 암울한 현실을 마주 보고 속물 중의 속물인 자신의 소시민적인 본성을 적나라하게 폭로하고 비판하는 작품이다.

이 시를 읽으면 나는 언제나 가슴을 흔드는 공감을 느끼곤 한다. 나 역시 김수영의 시처럼 절대권력을 가진 권력자들에게는 감히 저항하지 못하고 오십 원짜리 갈비탕에 기름덩어리만 나왔다고 분개하는 속물 중의 하나임을 절실히 느끼는 것이다. 이러한 자책감을 김수영은 이렇게 끝맺음하고 있다.

(…) 아무래도 나는 비켜서 있다 절정 위에는 서 있지/않고 암만해도 조금쯤 옆으로 비켜서 있다/그리고 조금쯤 옆에 서 있는 것이 조금쯤/비겁한 것이라고 알고 있다!//그러니까 이렇게 옹졸하게 반항한다/이발장이에게/땅주인에게는 못 하고 이발장이에게/구청직원에게는 못 하고 동회직원에게도 못 하고/야경꾼에게 이십 원 때문에 십 원 때문에 일 원 때문에/우습지 않으냐 일 원 때문에//모래야 나는 얼마큼 적으냐/바람아 먼지야 풀아 나는 얼마큼 적으냐/정말 얼마큼 적으냐……

결국 구청직원에게도 못 하고, 동회직원에게도 꾸짖지 못하면서 야경꾼과 일 원 때문에 싸우는 자신을 시인은 모래보다도 적고 먼지처럼 초라한 존재임을 있는 그대로 드러내고 있는 것이다.

김수영의 시처럼 나도 걸핏하면 갈비탕에 기름덩어리가 나왔다고 설렁탕집 주인 여자에게 소리를 지르며 핏대를 올리던 속물 중의 하나였다. 야경비를 받으러 오는 야경꾼에게 일 원 때문에 핏대를 올리고 교통위반으로 딱지를 끊으려던 교통순경에게 고함을 지르는 속물이었다.

휴일 내무반에 앉아서 급식을 타오라는 내무반장에게 덤벼들어 코가 삐뚤어지도록 얻어맞은 적도 있었다. 불친절하다고 느낀 은행원에게 건물이 떠나갈 정도로 고래고래 소리를 질렀던 적도 있었다. 그러나 이 모든 것은 용기가 있어서가 아니라 만만한 사람들에 대한 일종의 화풀이에 지나지 않았다. 따라서 내 행동은 구청직원에게는 못하면서 심지어는 동회직원에게는 못 하면서 가장 만만한 야경꾼을 향해 덤벼드는 소아병적 행동에 지나지 않았던 것이다.

운전을 하다가도 추월을 하던 사람과 싸우기 일쑤였으며 표를 사기 위해서 줄을 섰다가 새치기하는 사람들과도 싸우는 것이 보통이었다. 그러나 그렇게 부당함을 곧잘 따지면서도 왕궁은커녕 근위병의 부당함에 대해서는 비겁하고 옹졸하게 침묵하였던 것이다.

지금 돌이켜보면 젊은 날의 이런 내 다혈질적인 행동은 딴에는 그들에게 부당함을 따지기 위함이었다. 특히 나는 사람들이 마땅히 자신들의 직무에 충실하고 친절해야만 한다는 강박관념을 가지고 있었다. 따라서 나는 사람들의 불친절을 지적함으로써 그들의 행동을 반성케 하고 그렇게 함으로써 건강한 사회를 만드는 데 일조를 해야 한다는 사명감까지 갖고 있었던 것이다. 그런 의미에서 나는 사회의 부조리를 따지고 지적하는 암행어사이며, 보안관이라는 착각에 빠져 있었던 것이다.

그러나 이러한 습관은 요즘 많이 사라졌다. 나이가 들어서인지 모르지만 타인과 다투는 것이 꼴불견으로 느껴졌기 때문이다. 어쩌다 길거리에서 운전에 대한 시비로 싸우는 모습을 우연히 마주칠 때가 있는데, 그럴 때면 나도 젊은 한때 길거리에서 저런 모습을 연출했겠구나 하는 부끄러움으로 도망치듯 현장을 벗어나곤 한다. 그보다도 내 이런 지적이 사람들을 변화시킬 수 없음을 분명하게 깨달았기 때문이다.

일테면 불친절한 점원은 내가 아무리 불친절을 따지고 항의한다고 해도 바뀌지 않는다. 갈비탕에 기름덩어리를 넣는 설렁탕집의 주인은 아무리 내가 항의한다고 하더라도 여전히 갈비탕에 기름덩어리를 넣을 것이다.

요즘 나는 신문에 시론 같은 것을 쓰지 않기로 스스로 맹세했는데 그것은 아무리 시론으로 사회를 꼬집고 정의를 부르짖어도 망망대해에 돌팔매질 하는 것에 지나지 않는다는 사실을 절실하게 깨달았기 때문이다.

차라리 남의 불친절을 탓하기 전에 나 스스로 남에게 친절한 사람이 되도록 노력하는 편이 훨씬 올바른 정도이며, 사회의 부조리를 꼬집기보다는 나 스스로 거짓말을 하지 않고 부정을 행하지 않는 편이 훨씬 현명한 방법임을 느꼈기 때문인 것이다.

그런데 최근에 와서 나는 아내로부터 한 가지 교훈을 얻은 바 있다. 아내는 남에게 만만하게 보이는 인상 때문인지 이따금 물건을 사러 가거나 음식을 시킬 때 점원이나 종업원으로부터 유난히 불친절한 대접을 받는다. 그럴 때면 나는 아내에게 묻곤 한다.

"화가 안 나?"

"화가 안 날 수 있어요, 나도 사람인데."

"그럼 어떻게 해?"

"참아요. 참는 게 제일 좋은 방법이에요."

그러면서 아내는 내게 이렇게 말했다.

"사람들의 불친절을 고치는 방법을 가르쳐줄까요?"

"그게 뭔데?"

"간단해요. 그건 내가 더 친절하게 그 사람을 대하는 거예요."

아내의 말은 사실이다. 그 이후부터 나는 아내의 행동을 유심히 지켜보곤 하는데, 가령 물건을 사러 갔을 때 점원이 불친절하면 이를 탓하지 않고 오히려 아내가 더욱 친절해지는 모습을 보이는 것이다. 아내는 무례하고 거만한 상대방 앞에서 절대로 불쾌한 내색을 하지 않는다. 아내는 실제로 무례하고 불친절한 사람과 상대를 할 때에는 놀랍게도 더욱 친절해지고, 공손해지며, 더더욱 상냥해지는 것이다. 옆에서 지켜보는 내가 울화통이 치밀 정도로 아내는 천천히 말을 하며 상대방의 말을 끝까지 듣고 더더욱 낮은 소리로 공손하게 대하는 것이다. 그러면 처음에는 상대방이 아내를 더욱 얕잡아 보고 기세를 올려 거만하게 행동하는데, 그럼에도 불구하고 아내는 웃음 띤 얼굴로 믿을 수 없을 정도로 상냥하게 상대방의 눈을 계속 바라보며 친절하게 말을 하는 것이다. 그러면 정말 기적이 일어나는 것이다. 어느 순간 불친절한 점원의 태도가 공손해지면서 얼굴에 미소가 떠오른다.

"나는요."

아내는 내게 충고하곤 한다.

"불친절한 사람과 상대할 때에는 더욱더 친절해져요. 그러면 어느 틈엔가 상대방도 변화되어 친절하게 된다고요."

나는 아직 아내의 충고대로 불친절한 사람을 만날 때 더욱더 친절해지는 방법을 사용해본 적이 없다. 그것은 내가 수양이 덜 되어 인내심이 부족하기 때문일 것이다. 그러나 아내의 행동을 통해서 실제로 변화되어가는 사람들의 모습을 확인하였으니 아내의 방법이야말로 사람과 사람 사이에 평화의 강이 흐르게 하는 유일한 수단임을 나는 뒤늦게 깨달았다.

페르시아의 시인이자 신비주의자였던 사디는 30년 동안 탁발승으로서 널리 이슬람권을 방랑하며 온갖 고난을 이겨낸 후 고향으로 돌아와 이렇게 말하였다.

"사악邪惡에 대해서는 친절로써 하라. 날카로운 칼도 부드러운 결을 꿸 수는 없을 것이다. 친절한 마음씨와 부드럽고 착한 행위로 대한다면 한 올의 머리털로써도 코끼리를 이끌어갈 수 있으리라."

그렇다.

아내의 말은 진리의 구경이다. 나는 이제 조그만 일에 분개하는 사람이기보다 조그만 일에도 나 스스로 친절하고 겸손하고 더욱더 작아져 모래처럼 적은 사람이 되고 싶다. 바람과 먼지와 풀처럼 정말 얼마큼 적은 사람이 되고 싶다.

마음 성형

오래전 일이다.

아들 도단이 아직 어렸을 때의 일이었으니, 아마도 20여 년은 훨씬 넘었을 때의 일일 것이다. 어느 날 도단이가 내게 이렇게 말을 하였다.

"아빠 부탁이 있어."

"그게 뭔데?"

내가 물었더니 도단이가 대답했다.

"수술 좀 해."

난데없는 말이라 어리둥절한 내가 되물었다.

"수술 좀 하라니?"

"성형수술 좀 해."

"어디를 말이냐?"

그러자 도단이 손을 들어 내 눈썹과 눈썹 사이에 있는 미간을 가리키며 말하였다.

"여기 말이야."

나는 도단이 무슨 말을 하고 있는지 여전히 알 수 없어 다시 물었다.

"그곳에 있는 무엇을 수술하라는 말이야?"

"주름살. 주름살을 수술해서 지워버리라고."

보통 얼굴의 주름살은 가로로 나 있어 세월의 흔적을 말하여준다. 그러나 양미간에 새겨진 주름은 유독 세로로 나 있는데, 이곳은 세월의 흔적이 아니라 보통 인상을 쓰거나 짜증을 내거나 화를 낼 때 자주 사용되는 주름살로 우리가 흔히 '미간을 찌푸리다'라는 표현을 할 때 자주 사용하는 주름살이다. 문자 그대로 뭔가가 못마땅하고 불만이 있을 때 자연 찌푸려지는 주름살인 것이다.

20여 년 전 아들 녀석의 말이 지금에 와서도 생생히 기억되는 것은 내가 얼마나 오랜 세월을 인상을 쓰고 미간을 찌푸리면서 살아왔는가 하는 반성 때문이다. 나는 어렸을 때부터 불만에 찬 아이여서 집안 친척들은 나를 보면 이렇게 수군거리곤 했었다.

"저애는 왜 저렇게 인상을 쓰며 다니는 건가요?"

이 버릇은 결혼을 하고 나서도 바뀌지 않았다. 내가 인상을 쓰고 양미간을 찌푸리고 다니면 집안의 분위기가 삽시간에 우울해지고 폭풍 직전의 분위기가 온 집을 휩쓸어 아내는 자주 불평을 했다.

"어떻게 그렇게 낯을 찌푸리고 다녀요. 나도 당신처럼 인상을 써보려고 거울 앞에 서서 이마를 찌푸리는 흉내를 내보았지만 전혀 낯이 찌푸려지지 않는데, 도대체 어떻게 하면 그렇게 찌그러질 수 있는 거야?"

아내의 말은 사실이었다. 아내는 화가 나면 화난 표정을 짓긴 해도 미간을 찌푸리지는 못한다.

파스칼은 이렇게 말하였다.

"마음의 평화를 가져라. 그러면 그대의 표정도 자연 평화롭고 자애로워질 것이다."

파스칼의 말대로 내가 미간을 찌푸리고 일촉즉발 직전의 짜증 난 표정을 하고 있는 것은 좀처럼 마음의 평화를 얻지 못하고 있기 때문일 것이다. 이런 나 자신의 얼굴에 대해 젊은 시절부터 나는 심히 못마땅해하고 있었다. 나는 슬프거나, 화가 나거나, 우울하거나, 기쁘거나, 즐겁거나 똑같은 감정으로 평화로운 얼굴 표정을 하고 있는 사람을 부러워했다.

이른바 '포커페이스'라고 하는, 포커와 같은 노름을 할 때 좋은 카드가 들어와도 나쁜 카드가 들어와도 전혀 내색을 하지 않는 무표정의 얼굴을 나는 도저히 연기해낼 자신이 없다. 젊은 시절 친구들과 포커를 해도 내가 좋은 카드를 가지면 친구들은 금방 낌새를 눈치 챘으니, 내가 나쁜 패를 가지고 마치 좋은 패를 가진 것처럼 허풍을 치면 친구들은 절대 속지 않고 오히려 배팅을 해서 나는 항상 돈을 잃곤 했다. 내가 그 이유를 물었더니 한 친구가 간단하게 대답하였다.

"네 표정을 읽는 것은 손바닥 뒤집기보다 쉬운 일이야. 좋은 패가 들어오면 코가 벌렁거린단 말이야. 네가 아무리 심각한 표정을 짓고 있으려 해도 네 코는 좋아서 벌렁벌렁대고 있다고."

친구의 말은 정확한 표현이었다. 나는 좀처럼 마음속 감정을 숨기지 못한다. 조그만 기쁜 일이 있으면 얼굴에 금방 헤헤 기쁨이 넘쳐흐르고, 아주 조그만 근심거리가 있어도 금방 얼굴이 찌푸려진다. 마치 금방 비 오다 햇볕이 내리쬐고, 우박이 내리고, 눈이 내리는 변화무쌍한 날씨를 보는 것처럼 내 얼굴의 표정은 변덕 그 자체인 것이다.

그렇다고 나는 포커페이스 같은 무표정을 원하지는 않는다. 그것은 얼굴 위에 하나의 가면을 쓴 것과 같은 것이므로. 또한 마음속에 나타나는 감정을 인위적으로 바꾸는 그런 위선적인 얼굴도 좋아하지 않는다. 가령 웃을 때도 기쁜 마음이 넘쳐흐르지 않고 빈정거리거나 업신여기는 마음이 나타나면 그것은 웃음이 아니라 비웃음이 되는 것이고, 웃을 때 입술이 벌어져 이가 보이지 않고 다만 눈으로만 웃으면 이는 뭔가 속마음을 감추고 있는 눈웃음이 되는 것이다. 그래서 나는 감정을 감추고 있는 사람을 별로 좋아하지 않는다. 기쁠 때는 얼굴에 기쁨이 넘쳐흐르고 슬플 때면 슬픔에 젖는, 그런 감정이 풍부하고 예민한 표정을 좋아한다. 따라서 속으로는 살의까지 느낄 만큼 증오심을 갖고 있으면서도 겉으로는 부드럽게 웃을 수 있는 사람은 신뢰할 수 없는 사람인 것이다.

오래전 군대에 있을 때 기합을 주는 상급자에게 나는 정식으로 덤벼들어 따진 적이 있었다. 왜냐하면 그는 내 따귀를 때리면서 웃고 있었기 때문이었다.

나는 얻어맞고 넘어졌다 일어설 때마다 그 사람의 눈을 똑바로 쳐다보며 이렇게 소리쳤었다.

"웃지 마십시오, 웃지 말고 기합을 주십시오."

나는 정치가들의 눈물과 정치가들의 웃음에 신뢰를 갖고 있지 않다. 왜냐하면 그것들은 하나의 전시효과를 노린 쇼맨십의 거짓에 가깝기 때문이다.

사람들은 내가 잘 웃는 사람이라고 속고 있다. 어떤 사람은 내가 보기 좋은 미소까지 갖고 있다고 칭찬한다. 그럴 때마다 나는 가슴이 뜨끔거린다.

이미 오래전 아들 녀석으로부터 양미간의 주름살을 수술 받으라고 권유 받은 찌푸린 얼굴의 소유자이기 때문이다.

며칠 전 내가 소파에 누워 TV를 보고 있노라니 아내가 화장실에서 뭔가를 들고 왔다. 그것은 손거울이었다. 아내는 말없이 거울에 내 얼굴 정면을 비춰 보였다.

"뭐 하는 거야."

내가 볼멘소리로 물었더니 아내가 말하였다.

"당신 얼굴 표정 좀 봐. 얼마나 찌푸리고 있는가, 한번 살펴보라고."

나는 짜증이 났지만 아내가 내민 거울 속 얼굴을 쳐다보았다. 거울 속에는 한 사내의 얼굴이 떠오르고 있었다. 어둡고, 짜증에 가득 차 있는 얼굴이었다. 눈빛은 불만으로 번득이고 있었고, 양미간의 두 갈래 주름살은 계곡처럼 깊게 패어 있었다. 언제라도 뇌관을 건드리면 폭발할 것 같은 테러리스트의 얼굴이었다.

"당신이 그런 표정을 짓고 있으면 온 집 안에 나쁜 공기가 퍼져나간다고. 독소가 뿜어져 나온다고."

나는 파스칼의 말처럼 평화로운 표정을 갖고 싶다. 풍부한 표정과 예민한 감성의 얼굴로 항상 기쁨이 넘치는 그런 표정의 얼굴이고 싶다. 그러기 위해서는 무엇보다 마음을 평화롭게 가져야 할 것이다. 그러나 여전히 내 얼굴 위에는 불만의 주름살이 찌푸려지고 있음이니. 아아, 이 주름살을 어떻게 없앨 수 있음일 것인가. 아들 녀석의 말대로 이제라도 보톡스 주사를 맞아 양미간의 주름살을 없애버릴 것인가.

그렇다. '도란 다름 아닌 평상심'이란 옛 선사의 말이 실감 나는 요즘이다. 가능하다면 얼굴 수술이 아닌 마음 수술로 이 주름살을 없애버리고 싶다. 이 주름살을 없앨 수 있다면 나는 부처가 될 수 있을 것이다.

평화로운 표정을 갖고 싶다.

풍부한 표정과 예민한 감성의 얼굴로
항상 기쁨이 넘치는

그런 표정의 얼굴이고 싶다.

누나, 사랑합니다

모든 가족에게는 그 가족만이 가지고 있는 유전자가 있어 독특한 가문을 이루는데, 우리 가족의 특성은 변호사였던 아버지를 닮아서인지 말을 잘하고 유머기질이 많다는 점이다. 다정다감하고 이성적이라기보다는 감정적이고 눈물이 많은 편인데, 또 한 가지 특성은 모든 가족들이 노래를 잘한다는 점이다.

어렸을 때 돌아가신 아버지는 저녁이면 3남 3녀의 아이들을 모아놓고 즉석 노래자랑을 벌이곤 했었는데, 그런 영향 때문인지 모두 노래에는 일가견이 있다. 음악 대회에 나가서 유명한 테너가수가 되라고 종용까지 받은 형은 상대로 진학하여 그 꿈을 접었지만 만약 담임선생님의 말대로 성악가의 길을 걸었다면 틀림없이 오페라 전문 가수가 될 수 있었을 정도로 뛰어난 가창력을 가지고 있었다.

나는 지금도 아침마다 온 동네가 떠나가도록 〈오 솔레 미오〉를 부르던 형의 그 우렁찬 발성과 파바로티도 부럽지 않은 풍부한 성량을 잊지 못한다. 유난히 고음에 자신이 있던 형은 일부러 모든 노래들을 저음에서 시작하지 않고 고음에서부터 출발하였고 나는 항상 형이 그 절정을 무사히 통과할 수 있을까 조마조마하게 지켜보곤 했었는데, 어느 날은 무사히 통과하고 어느 날은 쇳소리가 나곤 했었다. 그럴 때면 형은 목청을 보호한다는 미명하에 날달걀을 하나 깨먹고 학교에 가곤 했었다. 노래에 자신이 있던 형은 특히 사람이 많이 모인 곳에서 노래하기를 좋아해서 고등학교 졸업식장 안에서도 느닷없이 〈오 솔레 미오〉을 부르는가 하면 서울대학교 졸업식장에서도 〈별이 빛나건만〉을 부르곤 했었다. 그런 형님의 모습을 볼 때면 나는 자랑스럽기도 했지만 조금은 부끄러웠는데, 이상하게도 처음에는 이게 무슨 망발인가 하고 지켜보던 관중들은 형이 노래를 끝내면 박수를 치면서 앙코르를 외치는 것이 보통이었다. 클래식을 좋아하던 형님은 일반 대중가요를 부를 때에도 〈사랑은 아름다워라〉와 같은 세미클래식 노래를 좋아했는데, 2년 전 온 가족이 유람선을 타고 알래스카 크루즈 여행을 갔을 때도 나는 실내연주 홀에서 형에게 노래를 신청했던 적이 있었다. 그때 형은 예전의 솜씨를 뽐내려 노래를 불렀지만, 고음에 가서는 턱에도 못 미치고 중도하차하는 형을 바라보며 나는 은퇴한 야구선수의 헛스윙을 보는 것처럼 마음이 저렸었다.

그에 비하면 내 동생은 한마디로 대중가수다. 실제로 가수가 될 뻔했던 동생은 1970년대 한참 유행하던 팝송과 소울 노래의 최고 가수였다. 한때 이장희 군과 보컬로도 활약했던 내 동생의 노래를 나는 특히 좋아하여 집에 있을 때면 통기타에 맞춰 노래 부를 것을 요구하였고 몇 시간이고 동생의 노래에 심취하곤 하였다.

내 초기 소설에 노래를 잘 부르는 동생 이야기가 자주 나오는데, 그것은 모두 동생의 영향 때문일 것이다. 그러한 명가수도 세월의 녹에는 어쩔 수가 없는 것인가. 역시 2년 전 유람선 위에서 노래를 시켰더니, 도중에 가사까지 잊어버리는 해프닝까지 연출하여 슬펐던 적이 있었다.

이렇듯 명테너가수와 명가수를 형과 아우로 두고 있는 나는 그들에 비하면 형편없는 노래 솜씨를 가지고 있다. 그래도 아주 못 하는 편은 아니어서 노래방 같은 데 가서 부르면 평균 90점 이상은 나오는 편인데, 유람선 위에서 노래를 불렀을 때에는 의외로 3형제 중 내가 제일 잘 불렀다고 상품으로 열쇠고리까지 받은 것을 보면 쥐구멍에도 볕 들 날은 있나 보다.

내 고정 레퍼토리는 두 가지 정도밖에 안 된다. 하나는 〈애수의 소야곡〉이고 또 하나는 〈사랑과 영혼〉의 주제가인 〈언체인드 멜로디〉인데, 이상하게도 아내는 내가 이 노래를 부르면 평소에 내게 잘 칭찬을 하지 않는 편인데도 손뼉을 치며 이렇게 말하곤 한다.

"잘 불렀어, 여보."

이렇게 우리 형제들이 노래를 잘 부르는 것은 전적으로 누나들 덕분이다. 우리 집 누나들은 한결같이 노래를 좋아해서 집안에서 노랫소리가 사라질 때가 없었다. 큰누나는 큰누나대로 일본어로 된 유행가에서부터 가요까지, 작은 누나는 전쟁 후 한창 유행하던 양키노래를 즐겨 부르곤 했었다. 특히 돌아가신 막내 누이는 입에 항상 노래를 달고 다녀서 종달새란 별명으로 불리기까지 했었다. 찬송가에서 유행가, 팝송에서 동요에 이르기까지, 막내 누이는 평생 노래 부르다가 종달새처럼 날아갔다. 어렸을 때부터 누나들이 부르는 노랫소리와 합창 소리에 귀가 익숙해져서 자연 모든 노래의 멜로디에 세뇌되고 있었던 것이다.

누나들은 신이 나면 한 사람은 알토, 한 사람은 소프라노가 되어서 "어제 부는 봄바람 쌓인 눈 녹이고 잔디밭엔

새싹이 파릇파릇 나고요" 하고 합창을 했었다. 6·25전쟁 무렵 우리 가족들은 모두 청계산 계곡에 천막을 치고 한여름을 났었는데, 그 천막 속에서도 누나들은 합창을 하곤 했었으니까.

"꿩꿩 푸드득, 아들 낳고 딸 낳고 무얼 먹고 살았나. 앞동산에 도토리 뒷동산에 상수리 고걸 먹고 살았지."

그 노래를 들을 때면 다섯 살의 나는 자유로이 날아다니며 도토리도 먹고 상수리도 먹는 꿩이 한없이 부러웠었다.

그런데 어느덧 세월이 흘러 우리 집 합창단원 중에서 큰누나와 막내 누이가 죽어 무대 뒤로 사라져버렸다. 우리 집 합창단에도 구조조정이 시작된 것이다.

지난달 뉴욕에 사는 누이가 왔다. 두 명의 자매가 죽어 어쩔 수 없이 솔로가수가 된 누이는 이번에는 정식으로 합창단원이 되어 세종문화회관에서 데뷔하기 위해 찾아온 것이었다.

이화여고를 졸업한 지 50년을 맞은 누이는 이를 기념하여 미국 각지에 사는 졸업생들과 단원을 이뤄 합창연주회를 하기 위해서 일시 귀국한 것이었다. 미국을 로스앤젤레스와 뉴욕 등 세 지역으로 나누어 아줌마라기보다는 할망구들이라고 할 만한 이들이 유니폼을 맞춰 입고 서울하고도 광화문에 있는 세종문화회관의 그 넓은 홀을 빌려서 겁도 없이 극성을 떨며 합창연주회를 연다는 것이었다.

물론 둘째 누이는 80년대 후반에서부터 90년대 후반까지 10년 동안 우리나라에 머물렀고, 그 시절 나와 누나동생이 아니라 애인처럼 붙어 지냈는데 다시 5년 만에 노래를 부르기 위해서 찾아온 것이었다.

무대 맨 뒷좌석에서 관람하려니까 누가 누군지 몰라 망원경으로 들여다보니, 누이는 한가운데 서서 지휘자의 손끝을 따라 열심히 노래를 부르고 있었다.

노래를 부르는 누님의 모습을 보는 동안 나는 문득 전쟁 후 여의도에서 군용 비행기를 타고 유학을 떠나던 전날 밤의 기억을 떠올렸다. 아버지가 돌아가신 직후여서 집안 분위기가 어두웠는데, 가족끼리 모인 모임에서 형님은 마릴린 먼로가 부른 〈돌아오지 않는 강〉이란 노래를 불렀던 것 같고, 나는 〈고별의 노래〉를 불렀다.

"서편의 달이 호숫가에 질 때에 저 건너 산에 동이 트누나. 사랑 빛에 잠기는 빛난 눈동자에는 근심 띤 빛으로 편히 가시오. 친구 내 친구 어이 이별할까나. 친구 내 친구 잊지 마시오……."

노래를 부르다 말고 나는 그만 울기 시작하였는데, 누나는 내 얼굴을 어루만지며 이렇게 말하였다.

"울지 마라. 누나는 꼭 돌아온단다."

그때 노래를 부르다 말고 울었던 기억은 두고두고 부끄러운 기억으로 남아 있는데, 무대 위에서 노래를 부르는 누나를 보자 나는 문득 로맹 롤랑이 쓴 『장 크리스토프』의 한 구절이 떠올랐다.

"불멸의 음악이여, 너는 내면의 바다다. 너는 깊은 영혼이다. 음악이여, 명징한 여자친구여. 지상의 날카로운 햇빛이 반짝이는데, 지친 눈에 달빛 같은 너의 빛은 부드럽고 상쾌하다. 음악이여, 처녀이며, 어머니인 음악이여. 나의 마음을 달래주는 음악이여……."

롤랑의 말처럼 노래는 처녀이자 어머니인 것이다. 아아, 저 노래를 부르는 할망구 누나도 한때는 눈부신 젊음을 가졌던 처녀였다. 변하지 않는 것은 음악뿐이니. 그렇다. 음악이야말로 내면의 바다인 것이다.

뉴욕에서 온 합창단의 노래가 끝난 후 나는 극장이 떠나가도록 박수를 치며 소리를 질렀다. 그리고 마음속으로 이렇게 부르짖었다.

'노래를 부르세요, 누나. 종달새처럼, 친구 내 친구 어이 이별할까나 친구 내 친구 편히 가시오, 하고 내가 이별의 노래를 불렀지만 누나는 50년 전의 약속 그대로 돌아오지 않는 강을 건너 노래를 부르면서 돌아왔군요. 누나, 사랑합니다.'

오늘도 나는 너에게 편지를 쓰나니

명색이 작가면서 나는 편지 쓰기를 싫어한다. 아니 싫어한다기보다는 귀찮아한다는 표현이 맞을 것이다. 왜냐하면 편지의 소중함은 인정하고 있으므로.

아내와 연애할 때는 수십 통의 편지도 보냈을 것이다. 아마도 그때의 낯간지러운 편지는 아직도 아내의 사물함 깊숙이 보관되어 있을 것이다. 아내가 그 편지들을 보관하고 있는 것은 아득한 사랑의 추억을 간직하기 위해서가 아니라 자신이 내게 사랑받았다는 증거를 확보해두려는 공증문서와 같은 역할을 하기 때문일 것이다.

마치 저녁식사를 차리는 주부가 그 냄새에 질려서 오히려 입맛을 잃는 것처럼 직업이 글을 쓰는 프로작가라 원고료도 안 나오는 편지 따위에 에너지를 낭비하고 싶지 않은 것이 내가 편지 쓰기를 귀찮아하는 중요한 이유다.

그러나 편지 쓰기를 귀찮아하더라도 편지 받는 것을 싫어하는 사람은 아니다. 요즘은 컴퓨터 시대라서 사라져버렸지만 아직도 희귀식물과 같은 편지들을 드문드문 받는데, 그럴 때면 항상 가슴이 뛴다.

편지 쓰기는 귀찮아하면서도 편지 받는 것을 좋아하는 내 이중성격은 사랑을 주기보다 받기를 좋아하는 이기적인 성격과 무관하지 않을 것이다.

시인 유치환도 이렇게 노래하지 않았던가.

"사랑하는 것은 사랑을 받는 것보다 행복하느니라. 오늘도 나는 너에게 편지를 쓰나니……."

최근에 나는 30여 년 전 어머니로부터 받은 편지를 표구해서 글을 쓰는 책상 앞 벽에 붙여놓았는데 그것을 볼 때마다 어머니의 초상보다도 더 깊은 목소리와 체취가 느껴지는 것을 보면 편지는 그처럼 간절한 이미지를 갖고 있는 것 같다.

워싱턴우체국 남동쪽 모서리에는 이런 명문이 새겨져 있다.

"소식과 지식의 전달자, 산업과 상업의 매개자, 상호면식의 추진력, 사람들 사이의 그리고 국가 간의 평화와 친선의 것."

편지와 통신의 역할을 거창하게 사회와 국가적 입장에서 압축시킨 이 명문에 비해 남서쪽 모서리에는 편지의 의미를 이렇게 적고 있다.

"동정과 사랑의 전달자, 멀리 떨어진 친구들의 하인, 외로운 사람의 위로자, 흩어진 가족의 이음새, 공통된 생활의 확산자."

워싱턴우체국에 새겨진 명문은 정확하다. 편지야말로 사랑의 전달자이며, 친구들과의 우정을 전달하는 하인이며 위로자인 것이다. 특히 사랑하는 사람들 사이에 오가는 연서야말로 가장 아름다운 백미인 것이다.

시인 한용운은 이 연서를 「당신의 편지」라는 제목으로 아름답게 노래하였다.

당신의 편지가 왔다기에 꽃밭 매던 호미를 놓고 떼어보았습니다.

그 편지는 글씨는 가늘고 글줄은 많으나 사연은 간단합니다.

만일 님이 쓰신 편지이면 글은 짧을지라도 사연은 길 터인데,

당신의 편지가 왔다기에 바느질 그릇을 치워놓고 떼어 보았습니다.

그 편지는 나에게 잘 있느냐고만 묻고 언제 오신다는 말은 조금도 없습니다.

만일 님이 쓰신 편지이면 나의 일은 묻지 않더라도 언제 오신다는 말을 먼저 썼을 터인데.

한용운의 이 아름다운 시처럼 사랑하는 연인끼리 보내는 님의 편지는 글은 짧더라도 사연은 길 것이고, 사랑한다는 화려한 수식보다 보고 싶어 못 견디겠으니 만나자는 짧은 내용이 더 가슴을 울릴 것이다.

편지 쓰기를 귀찮아하던 내가 요즘 시도 때도 없이 편지를 날리고 있다. 편지를 날린다는 표현을 쓴 것은, 종이에 사연을 쓰고 우표를 붙여 보내는 것이 아니라 휴대폰을 통해 문자로 날리고 있기 때문이다.

요즘 젊은이들의 표현을 빌리면 휴대폰으로 편지, 즉 문자메시지를 때리고 있는 것이다.

원래 나는 기계치로 불과 몇 달 전까지만 해도 전화를 걸고 받는 단순한 기능 이상은 활용하지 못하였다. 먼젓번 것은 5년 이상 사용했던 구닥다리였는데, 지난 스승의 날 때 출판사 직원들이 나를 스승이라 착각했는지 최신 기능을 가진 휴대폰을 선물해주었지만 여전히 내게 휴대폰은 전화를 걸고 받는 그 이상도 이하도 아닌 문자 그대로 들고 다니는 전화기에 불과하였었다.

휴대폰으로 사진을 찍을 수 있고, 동영상까지 촬영할 수 있는 기능이 있다는 사실은 잘 알고 있으면서도 나는 목욕하는 여인을 몰래 촬영하고픈 변태가 아닌 이상 그렇게 복잡한 기능까지 사용해야 할 필요성을 느끼지 못하고 있었던 것이다.

특히 문자메시지는 질색이었다. 간혹 휴대폰으로 문자메시지가 들어오면 반갑기도 하고 신기하기도 했었지만 워낙 자판을 두드리는 데 알레르기를 갖고 있는 나로서는 꿈도 꾸지 못했던 행위였으니까.

워낙 글씨가 악필이어서 오래전 타이프라이터를 하나 사서 며칠 실험해보기도 하고, 아들놈 방을 기웃거리며 컴퓨터 자판을 연습해보기도 했지만 그것마저 때려치운 이후부터 나는 본능적으로 그것이 컴퓨터든 타이프라이터든 휴대폰이든 자판만 보면 공포감마저 들 정도였던 것이다.

그러던 어느 날 나는 문득 이런 생각이 들었다. 휴대폰에는 불과 10개의 자판만이 있다. 그야말로 장난감인 것이다. 이 10개의 자판만을 활용할 수 있다면 굳이 종이에 편지를 쓰고, 봉투에 넣고, 우표를 붙이고, 우체통에 넣지 않더라도 간단하게 사연을 보낼 수 있을 것이 아닌가. 장편 소설 쓰는 것도 아니고 40개의 글자밖에 못 쓰는 휴대폰 화면을 채우지 못한다는 것은 그야말로 바보멍텅구리가 아닐 것인가.

생각이 여기에 미치자 나는 즉시 여직원으로부터 문자메시지를 보내는 방법을 배우기 시작하였다. 불과 5분 만에 나는 비록 ㄱ ㄴ ㄷ ㄹ 하나하나씩 채자採字하듯이 문자 쓰는 방법을 터득하였는데, 이는 정말 낫 놓고 기역자를 배우는 쉽고도 쉬운 방법이었던 것이다.

그 이후부터 나는 재미가 들려 닥치는 대로 편지를 써 보내기 시작하였다. 아마도 내가 번호를 알고 있는 주위 사람들은 모두 나에게서 한 번 이상씩 짧은 엽서를 받았을 것이다.

전화를 걸어 목소리를 듣는 것보다 비록 40여 자도 안 되는 짧은 엽서지만 문자를 써서 보내면 받는 사람은 더 많은 기쁨을 느끼는 것 같다. 그뿐이 아니라 보내는 나도 내용을 압축하는 동안 마음을 담아 전할 수 있기 때문에 한용운의 시처럼 '글은 짧을지라도 사연은 긴 님의 편지'가 되는 것을 느끼는 것이다. 회사 일에 바쁜 아들 녀석과도 하루에 한 번 문자메시지를 교환하고 까마득히 잊었던 사람들에게도 문자메시지를 때려 보낸다.

이 얼마나 즐거운 일인가. 그렇지 않아도 각박하고 삭막한 일상생활에서 마음을 담아 비록 전자우편이지만 엽서를 보낼 수 있다는 것은.

옛날의 선비들은 꽃이 피면 꽃잎에 사연을 적고 가을이 오면 편지 속에 낙엽을 동봉해서 화신花信을 보내곤 하였다. 편지야말로 워싱턴우체국에 새겨진 명문처럼 지친 우리들을 달래주는 위로자이자 감미로운 사탕이며 칭찬이 아닐 것인가. 한 잔의 커피보다 한 통의 문자메시지가 격무에 지친 내 아들의 피로를 회복시켜주는 영양제가 될 수 있을 것이다.

시인 고은은 노래하였다.

"가을엔 편지를 하겠어요. 누구라도 그대가 되어 받아 주세요."

고은의 시처럼 나는 나를 아는 모든 사람들에게 끊임없이 편지를 때리고, 또 때릴 것이다. 누구라도 좋으니 그대가 되어 내가 때리는 편지에 호되게 맞아주기를 바란다. 그리고 허락된다면 내게도 답장을 때려주기 바란다.

무심의 즐거움

요즘 나는 젊었을 때보다도 더 많은 일을 하고 있다. 서울신문에 소설 『유림』을 연재하고, 부산일보에 『제4의 제국』을 연재하고 있으니, 한 달에 쓰는 원고 분량만 해도 5백 매가량 된다. 그 밖에 써야 할 고정 원고까지 합하면 6백 매가량에 달한다. 한마디로 엄청난 양이다. 거의 매일 30매 정도의 원고를 쓰지 않으면 안 된다. 그렇다고 토요일이나 일요일 같은 공휴일에도 쉴 수는 없다. 왜냐하면 서울신문에 연재하는 소설은 '공자'에 관한 이야기이고, 『제4의 제국』은 오래전부터 구상하였던 가야에 대한 역사소설이므로 공부를 하지 않으면 소설을 계속 써내려갈 수가 없기 때문이다. 자연 평일 중에는 단 하루밖에 쉴 수 없는데, 이날에는 병원을 가고, 미뤄뒀던 일들을 몰아 하고 있다. 그러니 일주일 내내 빈 시간이 없는 셈이다.

만나는 사람들마다 어떻게 그렇게 바쁘게 살 수 있느냐고 내게 건강을 조심하라고 말한다. 실제로 아프면 큰일이어서 나는 건강에 신경을 쓰고 있다. 게으른 내가 벌써 독감예방주사를 맞은 것은 그 때문이다. 감기라도 걸리게 되면 뒷일을 수습할 자신이 없기 때문이다.

내가 바쁘게 일을 하게 된 것은 욕심 때문이 아니라 약속을 지키기 위해서 어쩌다 보니 그렇게 된 것으로, 그러나 나는 요즘 행복감에 젖어 있다.

사람들은 내게 어떻게 그렇게 무리하고 있느냐고 하지만 나는 내가 요즘 무리하고 있다고 생각지 않는다. 나는 요즘 아침에 눈을 뜨면 저녁에 잠들 때까지 글 쓰는 것 이외에는 전혀 다른 생각을 하지 않고 있다. 사람들을 만나고, 술을 마시고, 모임에 나가는 일들은 아예 꿈도 꾸지 않는다. 그런 일들은 나 자신의 시간을 빼앗아갈 뿐 아니라 일에 몰두할 수 있는 에너지를 빼앗는 쓸데없는 일임을 깨달아 끊어버렸기 때문이다.

실제로 그런 일들은 사람을 공연히 분주하게 만든다. 자기 자신은 뭔가 사회활동을 하고 있다고 착각하고 있지만 실은 하지 않아도 되는 일종의 사교활동에 지나지 않는 것이다. 그리고 원고를 다 쓴 오후 서너시쯤이면 어김없이 청계산을 찾아가 두 시간 정도 등산을 하는데, 이 즐거움이야말로 내 에너지의 원천이다. 어쩌다 산행을 거르면 벌써 에너지가 고갈되는 느낌을 받을 만큼 중독이 되어버렸다. 등산을 마치면 집으로 돌아와 저녁을 먹고 나서 뉴스를 보고 곧바로 잠자리에 든다.

하루에 아홉 시간 이상을 어린아이처럼 자는데, 잠이 이처럼 맛있다고 느껴본 적은 지금껏 없었다.

매일 똑같은 일과가 어느 날 삐끗하여 바뀌면 나는 벌써 피로감을 느낀다. 어쩌다 피치 못할 술자리가 생겨서 밤늦게까지 술을 마시면 다음 날 벌써 몸이 천근처럼 무겁고 일에 능률이 오르지 않는다. 그래서 가능하면 이 매일의 일과를 위반하지 않으려고 스스로 결심하고 있다.

저녁을 먹고 내가 꼭 빠뜨리지 않는 일은 TV를 통해 뉴스를 보는 일이다. 왜냐하면 몇 달 전부터 나는 신문을 읽지 않기로 결심했기 때문이었다. 신문사에 근무하는 내 친구나 존경하는 선배들에게는 미안하지만 나는 요즘 신문을 보지 않는다. 신문을 끊어버리지는 않았지만 읽지 않으므로 내겐 끊어버린 것과 마찬가지다.

몇 달 전까지만 해도 나는 신문을 구석구석 찾아 읽던 '뉴스형 인간' 중의 한 사람이었다. 또한 나는 미국의 대통령 토머스 제퍼슨의 "신문 없는 정부든가 혹은 정부 없는 신문이든가 그 둘 중 하나를 선택하라면 나는 지체 없이 정부 없는 신문을 선택할 것입니다"란 말처럼 신문에 대해 신뢰를 보내던 뉴스형 인간이었다.

그런데 어느 순간 나는 문득 신문을 보지 않는 것이 내 생활의 지평을 넓히는 지름길이라는 사실을 깨달았다. 최소한의 뉴스와 정보는 한 시간의 TV 뉴스만으로도 충분하다고 느낀 것이다. 아니다. 한 시간의 TV 뉴스도 필요치 않는다. 어쩌다 스치듯 지나가는 슈퍼마켓의 가판대 위에 놓인 신문의 헤드라인을 읽는 것만으로 충분할지 모른다.

신문을 보지 않으면 세상에 대한 궁금증이 커질 줄 알았는데, 그게 아니었다. 오히려 마음이 편안해지고 일에 대한 집중력이 더 높아지는 것이었다.

사실 신문은 우리에게 필요치 않은 정보를 집중투하하고 있다. 어제 일어난 한일 간의 축구결과를 모른다고 해서 세상에 뒤떨어지는 것은 아니다. 이번 가을의 패션 경향을 모른다고 해서 내가 유행에 뒤떨어지지 않는다. 부동산의 시세와 웰빙 건강정보를 모른다고 해서 내 건강이 나빠지지는 않는다. 수도 이전을 하는 쪽이 나은가 아닌가 하는 일은 솔직히 정책당국이나 신경 쓰고, 고심 끝에 결론을 내리면 그만인 것이다. 노무현 대통령이 꼴 보기 싫다고 해서 세상은 나아지지 않으며, 노무현 대통령이 예쁘다고 해서 세상은 나빠지지 않는다. 인천시장이 받은 2억원의 굴비상자가 뇌물인지 아닌지는 그것을 밝히는 것을 전문으로 하고 있는 사법기관이 할 일이지 내가 흥분한다고 해서 그 돈이 불어나거나 깎이는 것도 아닌 것이다. 여배우 C양이 이혼했다는 것을 몰랐다고 해서 나는 바보가 아닌 것이다. 여당 실권자의 아버지가 일제 때 친일파 형사였는가 아닌가 하는 것은 국회의원들이 밝힐 일이지 내가 밝힐 일은 아닌 것이다.

신문을 읽으면 나는 흥분하게 된다. 대통령의 얼굴이 미워지며, 대통령 부인의 얼굴이 공연히 얄미워진다. 나라가 걱정되고, 곧 망할 것 같으며, 한반도에서 핵전쟁이 일어날 것 같으며, 뭔가 한마디 이 사회에 대해 날카로운 비판을 하지 않으면 지식인으로서 퇴보할 것 같은 강박관념에 사로잡힌다. 신문을 보면 작가로서 나도 문학상을 타고 싶어지며, 다른 작가를 험담하고 싶게 된다. 그야말로 공연히.

신문을 보게 되면 여배우 누가 쌍꺼풀 수술을 했는지 알게 되어 내 입에서 자연 욕설이 튀어나오게 된다. 그야말로 공연히.

신문을 보게 되면 부시도 싫어지고, 빈 라덴도 ×새끼가 된다. 그야말로 공연히.

신문을 보게 되면 자꾸 신문에 이름이 나오고 싶어지게 되고, 할 수만 있다면 그것이 계속되기를 바라게 된다. 그야말로 공연히.

그런데 신문을 보지 않게 되니까 이 모든 것으로부터 나는 해방되었다. 나는 남을 비난하지 않게 되었으며, 관심조차 없게 되었으므로 정신의 낭비를 하지 않게 되었을 뿐 아니라 일에 더 집중하게 되었던 것이다.

10여 년 전 나는 수도원에서 40일간 성 이냐시오 영성수련 피정을 호되게 보낸 적이 있었다. 당시 나는 C일보에 소설을 연재하고 있었는데, 어느 날 아침 침묵 중에 수도원 앞뜰을 산책하던 중 무심코 배달된 C일보를 펼쳐보다가 지도신부님으로부터 질책을 받았었다. 피정을 왔는데 어째서 신문을 펼쳤느냐는 것이 신부님의 지적이었는데, 나는 그것이 전혀 이해가 되지 않았었다.

그런데 나는 최근에야 신부님의 꾸중을 이해할 수 있게 된 것이다.

성철 스님의 상좌였던 원택 스님은 수행 중에 우연히 산속 암자에서 바람에 날아온 신문지를 주워 읽었다고 성철 스님으로부터 당장 산문을 떠나라는 경책을 받았다는데, 그것은 신문을 읽는 행위가 나빠서가 아니라 세상에 대한 쓸데없는 호기심에 대한 질타가 아니었을까.

실제로 평생을 숲속에 오두막을 짓고 자연을 벗 삼아 살았던 소로는 "신문을 읽지 않는 사람은 행복하다. 왜냐하면 그들은 자연에 눈을 돌려 그것을 통해 신을 보기 때문이다"라고 말했었다.

그러나 이런 신문에 대한 내 요즘의 의견에 대해 오해는 하지 말기 바란다. 여전히 나는 신문 없는 정부보다는 정부 없는 신문에 더 많은 신뢰를 보내는 신문 예찬자임에는 분명하지만 지나치게 신문에 의지하고 여론에 민감하여 스스로를 정보의 노예로 만드는 뉴스형 인간으로부터의 자유는 마땅히 우리가 선택해야 할 권리라고 생각하고 있으니 말이다.

독일의 문호 괴테는 말했다.

"신문을 안 읽게 되면서부터 나는 마음이 편해지고 실로 기분이 좋습니다. 왜냐하면 신문은 남이 하는 것만 생각케 하고 마땅히 자기가 해야 할 의무는 잊게 하기 때문입니다."

그렇다.

5평의 방이 넓어지려면 집을 부숴서 8평의 방을 신축할 것이 아니라 5평의 방을 가득 채운 쓸모없는 것을 버려 공간을 확보해야 한다. 마찬가지로 하루 24시간은 고정되어 있다. 하루를 여유 있고 풍요롭게 보내기 위해 24시간을

26시간으로 연장할 수 없다. 다만 하루 속에 들어 있는 쓸모없는 생각의 잡동사니들을 정리하여 시간을 확보할 수는 있을 것이다.

나는 요즘 신문을 읽지 않음으로써 시간과 공간을 훨씬 더 많이 비축하고 있다. 이것이 요즘 내가 한 달에 6백 매의 원고를 쓰면서도 지치지 않고 행복할 수 있는 비결 중 하나이다.

인사 전도사

어느 편인가 하면 나는 인사성이 밝은 편이다. 나는 한 번 본 사람의 얼굴은 웬만하면 기억하고, 만났던 사람과 나눈 대화까지 잘 기억한다. 그래서 두 번째 만난 사람에게도 먼저 인사하고 나눴던 대화를 떠올려 요즘 아드님 잘 계십니까, 요즘 아직도 술을 많이 마십니까, 안부인사를 묻곤 한다.

오래전 읽은 내용이지만 카네기는 처음 만나 이야기를 나눈 사람의 이름을 잘 기억해서 다시 만날 때는 다정히 이름을 불러주고 인사를 나누는 것이 첫 번째 성공요인이라고 말한 적이 있다. 나는 카네기처럼 이름까지는 잘 기억하지 못하지만 만난 사람들의 얼굴만큼은 정확히 기억하고 있다. 물론 나는 카네기처럼 성공을 위해서 일부러 그런 태도를 취하지는 않는다.

나는 사람과 사람 사이에 있어 서로 친근한 마음을 표시하는 데는 따뜻한 미소와 다정한 인사말 이상의 묘약은 없다고 생각한다.

인사를 나눌 때면 상대방이 나보다 높은 사람이건 낮은 사람이건, 나이 든 사람이건 나이 적은 사람이건 가려서는 안 된다. 나보다 높은 사람이나 이용할 만한 위치에 있는 사람에게나 건네는 인사는 어쩌면 아부에 지나지 않을 것이다. 인사는 모든 사람에게 똑같이 해야 할 평등한 것이고 어린아이라고 인사를 생략해서는 안 된다. 내가 인사를 먼저 나누는 것은 무엇을 바라서가 아니라 우선 내가 기분이 좋아지기 때문이다.

인사는 마치 꺼진 촛불에 불을 댕기는 것과 같아서 인사를 건네고 나면 두 사람 사이에 촛불이 켜진 것처럼 마음이 따뜻해지고 정감이 흐르게 된다. 작은 행위임에도 불구하고 인사는 사람과 사람 사이를 부딪는 부싯돌과 같은 것인데도 나는 왜 사람들이 인사에 인색한지 그 이유를 모르겠다.

내가 어떻게 먼저 인사를 해 나는 인사를 받는 쪽이지, 먼저 인사를 하는 것은 반드시 상대방이 먼저여야 한다는 사람은 교만한 사람이다. 분명히 아는 사람인데도 인사는 물론 눈인사도 나누지 않고 피하는 사람은 고독한 사람이다. 그럴 때면 나는 일부러 찾아가서라도 악착같이 인사를 나누곤 한다.

왜냐하면 인사는 감기처럼 전염되는 것이어서 어떤 모임 같은 데서 어떤 한 사람이 마음이 담긴 인사를 시작하고 나면 곧바로 이 사람 저 사람으로 확산되어 모임 전체가 축제의 분위기로 변하는 것을 알기 때문이다.

최근 30년 만에 아파트로 이사를 와서 느낀 첫인상은 아파트에 사는 사람들은 좀처럼 인사를 나누지 않는다는 것이었다. 먼젓번 주택에 살 때에 나는 동네 모든 사람들과 인사를 나누는 사이였다. 심지어 로터리에 있는 구두수선공 아저씨와도 친했고, 저녁이면 문을 여는 포장마차 아줌마와도 나는 친했었다. 구두수선공 아저씨는 내가 구두를 맡기면 최선을 다해 수선해주었고, 포장마차 아줌마는 내가 어묵을 시키면 오늘 어묵은 신선치 못하니 다른 것을 먹으라고 추천해줄 정도였다. 아마도 내가 국회의원 선거에 나갔다면 내가 살던 논현동 골목에서는 몰표가 나오지 않았을까 할 정도로 나는 그들과 깊은 친교를 나누고 있었다.

그러나 아파트는 판연히 달랐다. 나는 아직도 내 이웃에 어떤 사람이 살고 있는지 알지 못하고 있다. 특히 고통스러운 것은 엘리베이터에 탔을 때다. 엘리베이터를 타고 보면 언제나 사람들이 먼저 타고 있거나 나중에 타기도 해 함께 동승하게 마련인데, 그럴 때면 대부분 사람들은 서로 시선을 피하며 공연히 엘리베이터가 지날 때마다 명멸하는 층계의 숫자판만을 쳐다보고 있을 뿐이다.

어떻게 이럴 수 있을까. 나는 그것이 답답해서 견딜 수가 없다. 어떻게 같은 건물에 사는, 같은 평수의 이웃들이 이렇게 철저하게 원수처럼 시선을 피하고 묵비권을 행사할 수 있는 것인가.

톨스토이는 『전쟁과 평화』라는 소설에서 이렇게 말하고 있다.

“어떠한 때라도 인사가 부족한 것보다는 지나친 편이 낫다.”

나는 톨스토이의 말에 동의한다. 인사를 나누지 않거나 대충해서 부족한 것보다는 좀 지나치더라도 확실하게 인사를 나누는 편이 나은 것이다.

세계 각국의 인사법은 달라서 에스키모들은 반가운 사람을 만나면 서로 뺨을 때린다고 한다. 티베트에서는 반가우면 서로 혀를 내밀고, 아프리카의 마이족들은 뺨과 발바닥을 핥아준다고 한다. 또 어떤 종족들은 얼굴에 침을 뱉

기도 하고, 보루네오의 민족들은 서로의 콧등을 문지르는 것으로 인사를 대신한다고 한다.

나는 에스키모들처럼 엘리베이터에서 만난 사람들의 뺨을 때릴 수도 없고, 남의 부인을 부둥켜안고 뺨에 입을 맞출 수도 없다. 그러나 다정한 미소는 띄울 수 있지 아니한가. 서로 말을 나누지는 않는다고 해도 한 번쯤 서로의 눈을 쳐다보고 눈인사는 나눌 수 있지 아니한가.

또 어떤 아프리카인들은 이런 인사말을 나눈다고 한다.

"스커트와 돈과 땅을!"

아라비아인들의 작별인사는 '알라신의 은혜로 당신의 코에 살이 찌기를'이라고 말하고, 어린아이를 하늘이 베푼 가장 큰 은혜로 생각하는 타타르인들은 이별할 때 '당신의 침대가 아이들로 충만하고 당신은 감기에 걸리지 않기를' 하고 인사하며, 바크라인들은 '당신이 열두 명의 아이를 갖기를' 하고 인사를 한다고 한다. 믿거나말거나 베레케인들은 이런 작별인사를 나눈다고 한다.

"나는 당신이 목이 길고 살찐 아내를 얻기 바랍니다."

굳이 이런 독특한 인사말이 아닐지라도 우리에게는 '안녕하세요'라는 간단한 인사말이 있지 않은가.

언제부터인가 나는 작은 결심을 하기 시작하였다. 엘리베이터에서 낯선 사람을 만나면 내가 먼저 인사하리라. 내가 먼저 "안녕하세요"라고 인사말을 건네리라.

그런데 이 간단한 행위도 결코 쉬운 일이 아니라는 것을 나는 뼈저리게 느낀다. 내가 누군데, 내가 얼마나 높은 사람인데, 내가 얼마나 잘살고 잘난 사람인데, 라는 자의식이 몸에 밴 나이 든 사람들이 엘리베이터에 타고 있으면 나는 그만 말문이 막히고 만다. "안녕하세요" 하고 인사를 건네고 싶어도 누구에게도 방해받고 싶어하지 않는 강남 상류층(나는 이 말을 혐오하고 있다)들의 평화를 내가 깨뜨리는 것은 아닐까 하는 불안감 때문이다.

가장 쉬운 상대는 아이들과 청소년들이다. 이들이 타면 나는 "몇 층까지 가세요" 하고 묻고 그들이 원하는 층수의 단추를 눌러준다. 그러면 대부분의 아이들은 엘리베이터를 내리면서 "안녕히 가세요"라는 작별인사를 하는데 서너 번 이런 인사를 나누게 되면 우리는 곧 친구가 된다. 젊은 사람들도 나은 편이다. 이들은 내가 인사를 건네면 쑥스러워하면서도 금방 반응을 보인다. 이런 행위를 통해 알 수 있다. 인사는 나이가 들면 들수록 없어지고 인사를 나눌 때 반드시 숙여야 할 목은 나이가 들수록 뻣뻣해진다는 사실을.

독일 시인 뮐러는 『독일인의 사랑』에서 말하였다.

"우리는 거의 서로 인사를 하지 않는다. 왜냐하면 답례

되지 않은 인사를 하면 우리 마음이 쓰라리게 되며, 또 인사를 하고 악수한 사람과 헤어진다는 것이 얼마나 슬픈 일인가를 알고 있기 때문이다."

그러나 나는 뮐러의 말에 동의하지 않는다. 설혹 엘리베이터에서 만난 사람들에게 내가 먼저 "안녕하세요" 하고 인사를 했을 때 상대방이 답례를 하지 않고 내 인사를 묵살해버린다고 해도 그것이 내 마음을 쓰라리게 하거나 자존심을 상하게 하지 않으므로.

나는 나부터 우리 아파트에서 인사의 전도사가 되려 한다. 받거나 말거나 나는 먼저 웃고, 먼저 인사를 하고, 먼저 "안녕하세요" 말을 하고, 먼저 "안녕히 가세요" 하고 작별인사를 나누는 작은 행위를 실천하려고 노력한다.

나는 진심으로 바란다.

내 작은 인사가 모든 사람에게 전염이 되기를. 온 아파트 주민이 밝은 마음으로 이웃을 사랑하는 공동체가 되기를. 그리하여 내가 사는 아파트가 복숭아꽃, 살구꽃, 아기진달래가 울긋불긋 피어나는 꽃대궐이 되기를.

평화를 짜는 사람

오래전에 읽은 내용이라 정확히 기억되지는 않지만 중국의 고사 중에 이런 이야기가 있다.

"춘추전국시대 때 한나라에 공주가 있었다. 시집을 가게 될 나이에 이르자 공주는 집과 부모를 떠나기 싫어 매일같이 울었다. 그러나 막상 집을 떠나 시집을 가자 새로운 생활이 너무나 즐거워 자신이 언제 울고불고 했던가를 까마득하게 잊어버린다."

요즘 내 생활은 마치 이런 변덕을 부리는 공주의 처지와 같다. 30년 가까이 살았던 단독주택을 떠나 아파트로 이사 간 지가 벌써 두 달. 처음에는 아파트로 이사를 가는 것이 못마땅하였다. 나는 평소에도 아파트와 빌라 같은 주거형

태에 대해 강한 불만을 가지고 있었다.

나는 집은 마땅히 코딱지만 할지라도 자신만의 정원을 지닌 주택이어야 한다는 편견을 갖고 있었다. 날로 치솟는 강남 아파트들에 대한 거부감과 고급아파트에 살고 있는 사람들의 거드름 피우는 몸짓에 대한 거부감. 마치 선택받은 사람들인 것처럼 이웃을 깔보며 담쌓고 지내는 주민들에 대한 거부감 등으로 나는 30년 동안 두 차례에 걸쳐 스스로 집을 짓고 단독주택에서 생활해왔던 것이다.

그러다 본의 아니게 쫓겨 가듯이 아파트로 이사를 가게 되었는데, 처음 며칠간은 시집가기 싫어 울고불고 하던 공주처럼 닭장 속 같은 아파트를 못마땅해하고 있었다.

주거생활의 혁명.

아내와 나는 이 새로운 생활에 대한 변화를 처음에는 즐거운 마음으로 받아들일 수가 없었던 것이다.

그런데 요즘은 다르다. 아파트로 이사 온 것이 하느님의 은총이라고 생각하기까지 이르게 된 것이다. 고집불통인 나와 아내는 집 앞에 20층짜리 빌딩이 들어서건 말건 바로 옆에 6층짜리 복합상가건물이 서건 말건 그냥 그 집에서 늙어 죽을 때까지 살자고 했었다. 만약 새로 짓던 건물 공사장에서 우리 집에 균열이 갈 정도로 피해를 주지 않았더라면 아내와 나는 계속 그 집에서 살았을 것이다. 이러한 고집을 알고 있는 하느님이 우리 부부를 아파트로 이사 보내기 위해서 그런 오묘한 작전을 벌인 것 같은 느낌이 들 정도로 요즘 나와 아내는 아파트 생활에 만족하고 있다.

그 첫 번째 이유는 아침마다 아들 녀석을 회사에 데려다주는 즐거움을 누리고 있다는 점이다. 아들 녀석은 8시까지 출근해야 하는 직장에 다니고 있는데, 아침마다 나는 운전사가 되어 녀석을 시청 앞 직장에까지 데려다준다. 퇴근이 늦어 별로 대화를 나눌 수 없는 아들 녀석과 30분 정도 걸리는 아침 출근길에서 이런저런 부모자식 간의 얘기를 숨김없이 나눈다는 것은 즐거운 일이다. 그러고 나서 출판사에 도착하면 8시 30분. 아파트로 이사를 간 뒤부터 글은 출판사에서 쓰기 시작하였으므로 30분 동안은 아침에 문을 여는 카페에서 혼자 커피를 마신다. 나도 모르게 '아침형 인간'이 되어버려 정신이 맑은 시간인 오전에 대부분의 원고를 끝마칠 수 있으니 능률도 오르고 얼마 있으면 장가를 가서 헤어질 아들 녀석과 정도 나누는 일석이조의 기쁨을 누리고 있는 것이다.

그러나 두 번째 이유는 뭐니뭐니 해도 아내 때문이다. 이사를 간 뒤 아내는 오랫동안 미루고 미룬 종합검진을 받았는데, 오래전부터 잘 아는 송유봉 박사로부터 청천벽력의 선고를 받았다. 아내의 골다공증 증상이 심해 80대 할머니의 뼈라는 것이었다. 그 말을 듣고 나는 가슴이 저미는 슬픔과 미안함을 느꼈다.

단독주택은 집을 비울 수 없어서 어쩔 수 없이 누구든 한 사람은 집을 지켜야 하는데, 대부분 아내가 그 역할을 맡아 하고 있었다. 아내는 그동안 주택이 주는 중압감에 제대로 먹지도 못하고 움직이지도 못해 영양실조와 운동부족으로 날로 몸이 쇠약해지고 뼈가 약해지고 있었던 것이다.

"함께 산에 가자. 제발 산에 가자구."

8년째 청계산 등산을 하고 있던 나는 언제나 아내와 함께 산에 가고 싶어 조르곤 하였지만 그것은 불가능한 일이었다. 나는 평소 아내의 게으름을 탓했지만 솔직히 우리나라에서 단독주택의 문을 잠그고 마음대로 나돌아다닐 주부가 어디 있겠는가. 그러니 그런 사이에 아내의 뼈는 70대도 아닌 80대의 할망구가 되어버린 것이다.

물론 나는 골다공증의 심각함을 잘 알고 있다. 골밀도는 약을 먹고 칼슘이 많은 음식을 먹는다고 해서 호전되지는 않는다. 더 이상 진전되는 것을 막는 것만이 최선의 치료법인 것이다. 특히 골다공증이 심한 사람은 넘어지면 뼈가 부러지는 것이 아니라 으스러져 심한 후유증을 앓을 수 있으며, 허리가 굽은 호호백발 할머니들의 모습은 대부분 골다공증 증상 때문인 것이다. 또한 잘못하면 휠체어에 의지해야 하는 심각한 장애를 갖게 되는데, 유일한 대비책은 한 가지, 운동밖에 없음을 나는 잘 알고 있었던 것이다.

"아이구야."

병원에 다녀오는 차 속에서 나는 우울한 표정을 짓고 있는 아내에게 농담식으로 말하였다.

"내가 이제 보니 80대 할망구와 살고 있구나. 아이구야, 내 팔자야."

운동의 필요성을 뒤늦게 깨달은 아내는 그날 밤부터 운동을 시작하였다. 다행히 아파트 지하층에 피트니스 공간이 있는데, 아령에서부터 러닝머신 등 웬만한 헬스클럽이 갖추고 있는 기구는 모두 구비되어 있다. 가운데 광장에는 작은 꽃밭까지 만들어져 있어 그야말로 천국과 같은 공간인데, 이상한 점은 항상 텅텅 비어 있다는 점이었다. 2백 세대에 가까운 아파트 사람들이 살고 있는데도 그 공간이 텅텅 비어 있음을 나는 도저히 이해할 수 없다. 한 달에 단돈 몇천 원이라도 입장료를 받는다면 주민들은 아마도 기를 쓰고서 운동을 하겠다고 극성을 부릴 것이다. 현대인들은 입만 열면 버릇처럼 운동 부족을 외치고 있는데, 이 드넓은 공간에 그것도 공짜인 이 24시간 활짝 열려 있는 천국을 어째서 이용하고 있지 않은지 나는 그것이 이해가 가지 않는다.

어쨌거나 아내와 나는 하루에 한 시간 정도 이곳에서 운동을 한다. 30분 이상 빠른 스피드로 땀을 뻘뻘 흘리며 러닝머신을 뛰고, 아령도 하고, 역기도 든다. 한 달밖에 지나지 않았는데 벌써 배가 들어가고 다리에 알통이 박혀 굵어짐을 느낀다. 이러다간 요즘말로 권상우처럼 몸짱이 되는 게 아닐까, 가슴이 두근두근거릴 정도로 아내와 나는 운동하는 것이 즐겁다.

그러나 그것보다 더 즐거운 것은 아내와 함께 청계산에 등산을 갈 수 있다는 점이다. 아파트에서 15분 거리면 청계산에 도착할 수 있다. 가장 가까운 약수터 앞 정자까지만 가는 것이 아내의 등산코스인데, 성이 차지 않는 나는 아내를 그곳에 앉혀두고 30분 정도 더 가파른 산길을 무장공비처럼 오른다.

"정말 산 냄새가 좋네요."

아내는 땀을 흘리며 숲 향기를 깊게 들이마신다. 아내는 게으름 때문에 등산을 못 한 것이 아니라 어쩔 수 없는 입장 때문에 이 좋은 산 냄새도 맡지 못하고 안방마님으로만 살아온 것이다.

그것이 미안해서 나는 마음속으로 아내의 골다공증은 내가 고쳐주리라 결심하고 있다. 아내의 골다공증을 완전히 치료해줄 수는 없다고 해도 꾸준히 운동을 하고 등산을 한다면 아내의 살에는 근력이 붙어 탄력과 에너지가 뼈의 허약함을 충분히 커버해줄 것이라고 나는 믿는다.

그보다 더 행복한 것은 아내의 손을 잡고 산에 오를 수 있다는 점이다. 평소 나는 아내가 내게 팔짱을 끼어주기를 은근히 바라고 있었다. 그런 내용을 이미 『샘터』에 쓴 적도 있는데, 그 이후에도 아내는 절대로 손을 잡거나 팔짱을 끼는 은혜를 베풀지 않았다. 나는 그 점이 내심 섭섭했었다. 그런데 함께 산행을 하고부터는 아내가 내게 손을 맡기기 시작하였다. 마치 처음으로 몸을 허락한 연애시절 때처럼. 그 이유는 단 한 가지 내게 다정함을 나타내 보이기 위해서가 아니라 미끄러운 산에서 넘어지지 않기 위해서이다. 골다공증에는 넘어지는 것이 제일 나쁘다는 것을 어디서 주워들었는지 비상수단으로 내게 손을 맡기고 있는 것이다. 그럴 때면 나는 과장해서 세뇌작전을 펼친다.

"넘어지면 안 돼. 넘어지면 끝장이라고. 넘어지면 휠체어를 타게 돼. 당신은 이미 중증 장애인이라고."

어쨌거나 새로운 집으로 이사 온 후 최고의 즐거움은 아내의 손을 마음 놓고 잡고, 마음 놓고 등산을 하고, 저녁마다 외식을 하고 마음 놓고 집으로 돌아오는 일이다.

일찍이 피천득 선생님은 '시집가는 친구의 딸에게' 주는 글에서 이렇게 말하였다.

"아내. 이 세상에서 아내라는 말같이 정답고 마음이 놓이고 아늑하고 편안한 이름이 또 있겠는가. 천 년 전 영국에서는 아내를 피스 위버Peace-Weaver라고 불렀다. 평화를 짜는 사람이란 말이다."

나는 피천득 선생님의 글처럼 새집에서 아내가 평화를 짜기도 하지만 또 한편 자신의 건강을 짜는 '헬스 위버'가 되어주었으면 한다.

자기 앞의 생

어느 편인가 하면 나는 스킨십을 좋아한다. 스킨십이라면 요즘은 그 뜻이 과장되거나 왜곡되어 성적인 애무나 남녀간의 섹스적 접촉을 의미하는데, 실은 스킨십은 친밀한 감정을 표현하는 신체적 접촉을 의미한다.

우리들이 남과 나누는 기본적인 스킨십은 악수다. 그러나 악수는 분명히 서로가 서로의 손을 잡고 인사를 나누는 행위임에는 틀림이 없지만 거기에는 따스한 체온과 정감이 교류되지는 않는다. 따라서 악수는 서로가 지갑에 들어 있는 명함을 교환하는 일에 지나지 않는 것이다. 그래서 언제부터인가 나는 사람을 만나면 가볍게 서로 안고 볼터치를 하는 서구식 인사법을 즐겨하고 있다. 물론 악수도

병행하는 편이지만 보다 친근한 마음이 드는 대상이면 남자와 여자를 가리지 않고 가볍게 포옹을 하고, 볼을 비비고, 상대방의 등을 두드려준다.

물론 이런 인사법에 쑥스러워하는 상대도 있다. 특히 여자들 중에는 본능적으로 거부반응을 보여서 쭈뼛거리는 사람도 꽤 있다. 그럴 때면 나는 얼른 서구적 인사법을 철회해버린다.

그런데 이상한 것은 악수를 나누는 것보다 이러한 포옹의 스킨십 인사법이 훨씬 다정하고 친숙한 느낌이 든다는 것이다. 사람에게는 누구나 2미터 정도의 경계거리가 있다고 한다. 이 경계거리에 낯선 타인이 침입하면 본능적으로 방어태세를 취하게 되는데, 다정한 연인들이 서로 사랑하는 사이가 되면 이 경계거리가 허물어져 두 사람의 몸이 하나의 몸이 되어버린 것 같은 동질감을 느끼게 된다는 것이다.

나는 부부간이라도 자주 스킨십을 해야 한다고 생각한다. 어린아이들이 서로 치고받고 뒹굴고 뒤엉켜 쓰러지는 신체적 접촉에서 우정을 배워나가는 것처럼, 부부들도 서로 어루만지고 깨물고 장난치는 신체적 접촉을 통해서 서로의 사랑을 확인하는 것이다. 스킨십이 끊긴 부부는 불길이 꺼진 싸늘한 아궁이와도 같다. 아궁이에 계속 불을 지

펴야 방바닥이 따스한 것처럼 스킨십이 끊기면 그 부부의 생활은 어쩔 수 없이 냉랭한 냉골이 되어버리는 것이다.

그러나 한 가지 주의할 점은 이 스킨십에 불손한 의도가 숨어 있거나 스킨십을 빙자하여 성적 희롱이라도 하고픈 악의가 들어 있다면 절대로 안 된다는 것이다. 상대방은 본능적으로 이를 알아차리고 친밀감 대신 불쾌감을 느끼게 될 것이다.

아버지는 돌아가신 지 벌써 반세기가 넘었고, 어머니는 어느덧 20여 년이 돼가지만 이상하게도 두 사람 모두 내 기억 속에 생생하게 살아 움직이는 건 모두 스킨십 덕분일 것이다.

나는 이상하게도 어렸을 때부터 안마를 잘하고, 다리를 잘 주무르는 아이로 점찍혀 있었다. 세 명의 아들과 세 명의 딸을 둔 아버지였지만 집으로 돌아오시면 으레 열 살도 되지 않은 나를 불러 자신의 다리를 주무르도록 하셨다. 다른 형제들과 누이들은 아버지가 시키면 이를 싫어하였는데, 나는 싫증이 나지 않았을 뿐 아니라 이상하게도 재미가 있다는 생각이 들기도 했었던 별난 아이였다.

지금 생각하면 아버지의 다리를 주무르면서 어디를 어떻게 주무르면 더 시원해하실까, 연구하는 재미에 싫증을 느끼지 않았던 것 같다.

아버지는 가령 천 대를 주먹으로 때리면 지금 돈 천 원에 해당하는 용돈을 주시겠다고 약속함으로 내 안마행위에 인센티브를 주셨고, 내게 안마 빚을 수십만 원 남기고 돌아가셨다. 이다음에 하늘나라에서 아버지를 만나면 나는 반드시 안마 빚을 이자까지 덧붙여서 받아낼 것이다.

그러나 내 안마의 기술은 아버지보다 오히려 어머니를 통해 보다 많은 발전을 이룰 수가 있었다. 키가 1미터 50센티도 안 되는 난쟁이처럼 작았던 어머니는 목욕탕에 걸린 세수수건 같았다.

지금 생각하면 참으로 이상한 것이 어머니는 나를 만날 때마다 "아범아, 다리 좀 주물러다오" 하고 말하였으며, 그럴 때면 나는 한 번도 싫어하지 않고 어머니 곁으로 다가가 바지를 걷어올리고 종아리를 주물러드렸다는 것이다.

20여 년이 지난 지금도 어머니의 종아리 감촉은 생생하게 내 손끝에 그대로 살아 움직이고 있다. 이것이 바로 스킨십의 놀라운 효과인 것이다. 아무리 사랑했던 사람도 죽고 나면 무엇을 어디서부터 생각해야 좋을지 모를 정도로 안개처럼 막연하게 마련인데, 서로가 살을 맞대었던 스킨십의 기억은 포충망으로 날아가는 나비를 채집했을 때와 같은 생생한 현실감으로 살아 있는 것이다.

돌아가실 무렵 어머니는 넘어져서 발을 못 쓰셨다. 그래서 다리의 근육이 연두부처럼 물렁물렁하고 다리의 두께도 날이 갈수록 깎은 연필처럼 얇아지셨다. 그것이 안쓰러워서 나는 울화통이 터지기도 하고 화가 나기도 하고 슬프기도 하였다.

어머니의 일생을 나는 다리 안마를 통해 지켜본 셈이었으며, 마치 산 속 스님이 앞산이 푸르러지고, 꽃이 피고, 낙엽이 지는 것을 보고 세월의 흐름을 지켜보듯 나는 어머니의 다리를 통해 세월을 가늠해보았던 것이다.

나는 지금도 선명하게 기억한다. 어머니 다리의 어디에 심줄이 있고, 어디에 신경줄이 있는가, 한겨울이 되면 어머니의 발꿈치는 건조하게 말라서 갈라지며, 발가락의 매듭을 하나씩 꺾어 우두둑 소리를 내면 어머니는 아프면서도 좋아서 "아이고 아이고" 신음 소리를 내었는데, 특히 새끼발가락은 항상 힘든 일을 하느라고 접혀 있었던 모습까지 기억하고 있는 것이다.

아버지도 돌아가시고, 어머니도 돌아가신 지 오래되어 내게 과연 어머니가 있었던가, 아버지가 있었던가, 과거의 추억도 알리바이가 성립되지 않은 미해결의 미제사건으로 남아 있지만 그러나 부모님의 다리를 주무르고 두드리던 기억만은 현행범처럼 또렷하게 떠오르고 있다.

며칠 전 한밤중에 일어나 물이나 먹으려고 거실로 나와

냉장고를 열고 찬물을 컵에 따라 마시고 있을 때였다.

다른 방에서 자고 있던 아내가 내게 말하였다.

"당신이유?"

나는 아내의 방으로 가보았다. 요즘 먹은 것이 체해 줄곧 체기에 시달리고 있던 아내는 늦도록 잠이 오지 않아 빈둥거리고 있다가 인기척이 들려 나를 부른 모양이었다.

"저 달 좀 봐."

아내는 밑도 끝도 없이 중학교 운동장 위에 떠 있는 실날같은 초승달을 가리키며 말하였다. 나는 아내의 손을 잡아보았는데, 과연 체기 탓이었는지 손이 차가웠다. 손끝만으로도 체기를 알 수 있을 만큼 예민한 것은 바로 어렸을 때부터 안마로부터 숙달된 청진기와 같은 감촉 때문일 것이다.

나는 아내를 안마해주기 시작하였다. 아내는 내가 힘이 들까봐 싫다고 하였으나 나는 강제적으로 안마를 시술하였는데 놀라운 것은 아내의 다리가 근육이라고는 전혀 없이 그 옛날 어머니의 다리처럼 흐물흐물하게 늘어져 있다는 것이었다.

순간 나는 지금 내가 아내의 다리를 주무르고 있는 것인지, 아니면 세월을 거슬러 올라가 돌아가신 어머니의 다리를 주무르고 있는 것인지, 분간이 되지 않을 정도로 혼돈을 느꼈다.

도대체 이 지경이 되도록 무엇을 하고 있었던 것일까. 그렇게 함께 산에 가자고 유혹해도 유관순 누나처럼 고집불통이더니, 도대체 어떻게 이렇게 다리를 형편없이 만들어놓은 것인가. 그보다도 가슴 아픈 것은 젊은 날의 아내를 내가 기억하고 있다는 점이었다.

대학교에 갓 입학하였을 때 문과대학 앞 잔디밭에서 쓸 만한 여학생이 있을까, 마치 기생 점고하는 원님처럼 여학생들을 일일이 심사하고 있었는데, 그때 나는 분홍빛 스웨터에 미니스커트를 입은 아내가 내 앞을 스쳐 지나가는 모습을 보고 눈이 번쩍 뜨였던 것이다.

그 무청처럼 단단하고, 갓 잡은 생선처럼 싱싱하던 예쁜 두 다리는 도대체 어디로 사라져버렸을까.

하느님은 선악과를 따먹은 하와를 에덴동산에서 쫓아내며 이렇게 말한다.

> 너는 아기를 낳을 때 몹시 고생하리라.
>
> 고생을 하지 않고는 아기를 낳지 못하리라.
>
> 남편을 마음대로 주무르고 싶겠지만 도리어 남편의 손아귀에 들리라.

하느님의 말처럼 아내는 몹시 고생하여 두 아이를 낳고 도리어 남편의 손아귀에 들어, 죽도록 고생해야 먹고 살기 때문에, 이마에 땀을 흘리며 낟알을 얻어먹기 위해서 두 다리가 이처럼 순두부가 될 정도로 길쌈하며 수고하고 있음인가.

아아, 돌아가신 어머니와 아내가 남이 아니고 둘이 아닌 하나이며, 타인의 생이 아니라 '자기 앞의 생'임을 알게 되었으니. 그대여, 마음껏 서로 껴안으라. 외로운 인생이여, 마음껏 서로 어루만져라. 미지의 낯선 얼굴을, 마음껏 서로 포옹하라. 우리가 참으로 가난하기 때문에 그래야만 우리의 몸과 몸이 부딪치고 영혼과 영혼이 뒤섞인다. 우리의 몸은 담비 털옷도 수달피 털옷도 없는 맨몸의 벌거숭이. 서로 마음껏 키스하라. 키스 속에서 우리의 몸 속에 들어 있는 대지와 강을 발견하고 천지를 창조한 신의 숨결을 확인하라.

그대여, 마음껏 서로 껴안으라.

외로운 인생이여,
마음껏 서로 어루만져라.

미지의 낯선 얼굴을,
마음껏 서로 포옹하라.

아내의 손짓

세계에서 가장 인사성이 밝은 민족은 아마도 일본사람일 것이다. 일본사람들과 인사를 나누다 보면 도대체 끝이 나지 않는다. 일본사람이 고개를 숙여 나도 고개를 숙이면 숙였던 일본사람이 고개를 펴려다가 다시 숙여 나도 할 수 없이 허리를 굽힐 수밖에 없게 된다.

마치 어릴 때 논에서 방아깨비를 잡아 두 다리를 잡고 있으면 방아깨비는 어쩔 수 없이 꺼덕꺼덕 인사를 하게 되는데, 일본사람들의 인사법이 바로 그 방아깨비식이다.

그 방아깨비 인사법에서 벗어나는 유일한 방법은 빨리 인사를 끝내고 도망가는 것이다.

실제로 독일의 프랑크푸르트 공항은 관광명소 중 하나

였다. 프랑크푸르트 공항은 한때 현지 주재원인 일본상사원이 발령을 받아 새 임지로 떠나고 새로 주재원이 된 사람들이 전송을 나오는 장소로 유명하였다. 그런데 유럽인들은 끝도 없는 인사법이 흥미로웠는지 언제부턴가 하나씩 둘씩 몰려들어 이들의 인사법을 관광하였던 것이다.

악수를 나누는 것으로 작별인사를 끝내는 유럽인들에게 수없이 인사를 나누고 상대방이 자신보다 더 고개를 숙인 듯싶으면 더욱 고개를 숙여서 나중에는 거의 땅에 닿을 듯이 수십 번 계속하는 일본식 인사법은 흥미로울 수밖에 없었고, 유럽인들은 언제부터인가 아예 진을 치고 이들의 독특한 인사문화를 관광하기 시작하였던 것이다.

나에게도 그런 추억이 있다. 갓 결혼하여 연희동 새마을 아파트에 살고 있을 때였다. 아내와 나는 4층에 살고 있었는데, 지금은 주택으로 빼곡하게 들어찼지만 그때는 허허벌판이어서 한겨울이면 약삭빠른 주민들이 벌판에 물을 뿌려 아이스링크를 만들어 입장료를 받고 스케이트나 썰매를 타던 호랑이 담배 먹던 시절이었다.

집을 나와 버스나 택시를 타려면 15분 정도 걸어 벌판을 가로 건너야 했었는데, 그때 뒤돌아보면 아내는 항상 창가에 서서 내가 안 보일 때까지 손을 흔들었다. 이제는 들어갔나 싶어 고개를 돌려보면 아내는 여전히 창가에 서서 손을 흔들고 있었다. 거리가 좀 더 멀어져 큰길로 나설 때가 되면 으레 마지막으로 한 번 더 돌아보곤 했는데, 그때도 아내는 여전히 창가에 서서 내가 보거나 말거나 손을 흔들고 있어 마치 망부석을 보는 느낌이었다. 나중에는 미안해서 들어가라 들어가라 손짓을 해도 요지부동이었다.

그러던 어느 날 나는 아내의 모습에서 이상한 것을 발견하였다. 작별인사를 할 때면 사람들은 손을 흔들 때 으레 '빠이빠이' 하는 느낌으로 손바닥을 세워들고 좌우로 흔드는 것이 보통인데, 아내의 손짓은 특별하였던 것이다. 즉 우리가 무심중에 강아지를 부를 때처럼 손가락을 앞에서 뒤로 까닥까닥하고 있음을 발견하였던 것이다. 그래서 어느 날 내가 물었다.

"당신은 왜 내게 빠이빠이 하고 작별인사를 하지 않고 마치 누구를 부르는 손짓으로 작별인사를 하는 거야?"

그러자 아내는 빠이빠이 하는 모습으로 손을 흔들면 헤어지는 것 같아서 싫다는 것이었다. 그래서 자기는 어서 돌아오라는 손짓으로 '컴 온 컴 온' 하고 손을 흔든다는 것이었다. 일을 무사히 끝내고 어서 돌아오라고 손을 앞에서 뒤로 잡아당긴다는 것이었다.

아내의 모습이 순진하달까 천진하달까 해서 지금은 돌아가신 큰누나에게 이 얘기를 한 적이 있었다.

"누나, 집사람이 아침마다 내가 아파트에서 벌판을 가로지를 때까지 손을 흔들어요."

"경사 났구나."

"그것도 빠이빠이 하는 게 아니라 컴 온 컴 온 하는 식으로 손을 흔들어요."

"열녀 났구나."

요즈음 느끼는 것 중 하나는 사람들과 다정한 인사를 나눌 때가 거의 없다는 것이다. 전화로 통화할 때도 대충 용무만 끝내면 딸카닥 하고 전화를 끊는다. 그럴 때면 그 금속성의 소리가 마치 단두대의 칼날 소리처럼 비정하게 느껴진다. 어쩌다가 전화를 끝내고도 상대방이 수화기를 놓을 때까지 기다렸다가 조용히 전화를 끊는 사람을 볼 때가 있는데 그럴 때면 아주 사소한 일인 것 같지만 마음이 따뜻해지는 것을 느낀다.

또 어느 회사를 방문했을 때도 마찬가지다. 굳이 그럴 필요가 없는데도 엘리베이터까지 나를 바래다주는 사람이 있다. 그 성의는 고맙지만 엘리베이터 문이 채 닫히기도 전에 바래다준 사람이 어느새 사라져버리면 나는 갑자기 실연당한 것 같은 상처감을 느낀다. 엘리베이터 문이 닫힐 때까지 기다려 완전히 시야에서 안 보일 때까지 눈을 맞추고 따스한 미소를 보여야 하는 것이 마땅한 예의일 것이다. 요즘엔 칵테일파티가 유행이어서 사람들은 선 채로 먹고 마시면서 악수를 하고 인사를 나눈다. 그럴 때면 나는 항상 어색함을 느끼곤 한다. 반가운 사람을 만나서 악수를 나눌 때에도 서로가 서로의 눈을 좀체로 마주치지 않는다는 사실을 새삼스럽게 깨닫게 되기 때문이다. 심지어 어떤 사람은 나와 악수를 나누고 있으면서도 눈은 다른 사람과 마주치면서 '오랜만이야' 하는 마치 그룹 섹스식 인사를 나눈다.

또한 함께 즐겁게 여행을 했으면서도 공항에서 헤어질 때는 눈도 마주치지 않는 냉정한 얼굴을 볼 때 나는 슬픔을 느낀다. 마치 우리가 함께 지냈던 다정한 날들은 어차피 사적인 것이고 우연한 것이니 기억하지 말라는 쌀쌀한 거부 같은 것이 느껴져 나는 공연히 무안해진다. 남의 집을 방문했을 때 채 나오기도 전에 들려오는 찰카닥 하는 문소리, 그리고 문을 잠그는 빗장 소리를 들으면 나는 갑자기 전율을 느낀다.

굳이 일본인들처럼 수십 번씩 계속되는 인사법은 지나치다고 하더라도 상대방이 끊기를 기다렸다가 전화를 끊는 사소한 친절, 악수를 할 때는 악수를 하는 사람의 눈을 마주 보는 예의, 엘리베이터 문이 닫힐 때까지는 기다려주어 잔영을 남기는 태도, 집을 방문한 손님은 최소한 안 보일 때까지 기다려주었다가 어쩌다 돌아보는 손님의 시선과 마주쳤을 때 다정한 미소를 보여줄 수 있는 마음의 여유는 갖고 있어야 한다고 나는 생각한다.

최근에 나는 J군을 자주 만나고 있다. 내가 J군에게서 감동을 받은 것은 전화통화를 할 경우 J군이 나보다 먼저 전화를 끊는 것을 본 적이 없고, 자주 그의 사무실에 방문하고 있는데, 헤어질 때면 골목길을 나설 때까지 몸을 돌려 사라지지 않고 끝까지 나를 지켜보고 있다는 점이다. 그럴 때면 나는 J군이 마음속으로 나를 믿고, 지켜주고, 보호해 주고 있다는 따뜻한 우정을 확인할 수 있다.

서로 답례되지 않은 인사라 할지라도 우리는 예의를 갖춰 인사를 하고, 악수를 하고 헤어진다는 것이 슬픈 일이라 할지라도 우리는 정성껏 작별의 인사를 나눠야 한다. 왜냐하면 인사야말로 사람과 사람끼리의 사랑을 표현하는 유일한 방법이므로.

아들 녀석을 장가보내고 아내와 단둘이 남게 된 요즘 나는 아내에게서 옛날과 같은 애틋한 작별인사를 받고 싶다. 왜냐하면 작별인사를 나눌 날들도 이제 얼마 남지 않았으므로. 무사히 일을 끝내고 어서 돌아오라고 독특한 손짓을 하던 아내여, 언젠가는 그대가 돌아오라는 작별인사를 한다 하더라도 죽음이 우리를 갈라놓을 일이 머지 않았으므로 내가 아파트 복도를 지날 때까지만이라도 문밖에서 나를 지켜봐주구려.

유리동물원

아내와 갓 결혼해서 목욕탕 2층 단칸방에서 살 때였다.

내가 명색이 학생이어서 돈벌이라고는 가정교사를 하여 푼돈밖에 못 버는데도 아내가 어느 날 거금(?)을 들여 유리제품을 가득 사서 방 안에 진열해놓은 적이 있었다.

유리제품들은 형형색색으로 꽃, 장신구, 인형, 동물 같은 모습의 액세서리였는데, 한밤중에 불을 켜자 가스사형실 같은 단칸방이 갑자기 크리스마스트리에 내건 꼬마전구들처럼 반짝거리기 시작하였다. 그렇지 않아도 뭐 그따위 쓸데없는 것을 사느냐고 불만에 차 있던 나는 그 모습을 본 순간 마음속으로 감탄한 적이 있었다.

테네시 윌리엄스의 초기 희곡 『유리동물원』은 내가 아

주 좋아하는 작품으로 그 속에는 '로라'라는 여주인공이 등장한다. 아름다운 여인이지만 약간의 장애를 가졌던 로라는 항상 유리제품으로 만든 동물들을 구해다가 자신의 방을 장식하여 '유리동물원'을 꾸며두는데, 초라한 목욕탕 2층 단칸방을 로라처럼 유리제품으로 장식하는 아내의 모습을 본 순간 나는 아내의 심미안에 감탄하면서도 마음속으로는 지금은 비록 대학생 남편으로 가난하지만 언젠가는 아내가 마음껏 자신의 솜씨를 발휘할 수 있을 만큼 돈을 많이 벌어다줘야지, 하는 엉뚱한 결심을 한 기억이 아련한 추억처럼 남아 있다.

아내의 장식 솜씨는 정평이 나 있다. 집을 두 번이나 지은 적이 있는 우리 부부는 직접 변기나 화장실의 욕조는 물론 벽지, 커튼, 주방기구, 가전제품, 가구 등을 머리털이 빠지도록 한꺼번에 장만하곤 했었다. 그럴 때마다 아내의 인테리어 솜씨는 전문가들도 감탄할 만큼 세련되었다는 평가를 받았었다.

아내는 절대 값비싼 물건들을 고르지 않는다. 휘황찬란한 샹들리에나 고가의 가구들과는 아예 거리가 멀다. 아내의 솜씨는 값비싼 고급제품이 아니면서도 천박하지 않고 집 전체 분위기와 맞는 색조로 세련된 가구를 고르는 데 남다른 눈썰미를 갖고 있는 것이다.

그런 아내가 요즘엔 180도로 변해버렸다. 아파트로 이사 온 지 벌써 1년 반이 되는데도 아내는 아파트를 전혀 꾸미려 하지 않는다. 이사 올 때 우리는 반 이상의 물건들을 버리거나 책 같은 것은 동네의 도서관에 기증하고 나왔었다. 딸아이가 쓰던 피아노는 십만 원에 팔아버리고 웬만한 물건들은 욕심을 내는 이웃 주민들에게 나누어주어 반 이상 정리하고 필요한 물건만 추려서 이사를 했었다. 그런데도 아파트는 어느덧 물건들로 흘러넘치고 있다.

벽에는 아직 그림도 걸려 있지 않고, 물건들은 대충 여기저기에 놓여 있다. 벼르고 별렀지만 낡은 소파는 아직 바꾸지 않았으며, 10년 된 텔레비전도 아파트에 어울리지 않게 고물 그대로 거실 한복판에 자리 잡고 있다. 잠을 자고 나면 허리가 빠개질 정도로 아픈 골동품 침대 또한 바꿀 생각도 없이 그대로 사용하고 있다.

집에 손님이라도 누가 오면 자못 민망할 정도이다.

1년에 한 번씩 들르는 미국에 사는 딸아이는 이러한 아내의 무신경에 질색하고 있다.

피난살이.

딸아이는 지금의 풍경을 폭풍 같은 재난에 집을 비우고 임시로 학교 같은 데서 집단 수용되어 살고 있는 피난살이와 같다고 엄마를 몰아세우곤 한다.

최근 영화배우 안성기 씨 부부가 사돈댁과 모임을 갖다가 안성기 씨의 부인이 사돈댁에게 했다는 말을 며늘아기가 우리 부부에게 전한 적이 있다.

"어머니, 안 선생님 사모님은요, 어머님처럼 요리 솜씨가 좋고 집을 잘 꾸미는 사람은 본 적이 없었대요."

사돈댁과 안성기 씨는 고등학교 동창으로 평소 절친한 친구였고, 또한 우리 집 부부와도 호형호제하는 각별한 사이라서 아들 녀석 결혼식 때는 양쪽 집에 부조하느라고 허리가 휘었다는 소문을 전해들은 적이 있는데, 며늘아기가 그렇게 말을 하자 듣고 있던 아들 녀석이 웃으며 말하였다.

"한때는 그랬었지. 그러나 지금은 완전히 독거노인이지. 우리 집은 완전히 양로원이야."

아들 녀석의 표현대로 아이들이 없는 아파트는 아내와 나 두 사람만이 살고 있는 양로원이자 독거노인의 수용소이다.

넓은 거실은 낡은 소파와 고물 텔레비전으로 내가 봐도 민망할 정도로 무슨 전위연극의 무대처럼 황량하고 을씨년스럽다. 그림조차 하나 걸리지 않은 벽도 마치 병실의 벽처럼 무미건조하다. 딸아이의 표현처럼 완전히 피난살이인 것이다.

그러나 나는 그러한 아내의 무신경에 불평하지 않고 오

히려 동화되어가고 있다.

집을 잘 꾸미는 것은 그 집에 사는 사람들의 기쁨과는 상관이 없다. 호화로운 가구로 거실을 장식하고, 식탁 위의 꽃병에 꽃을 꽂고 하는 장식은 오직 남에게 보여주기 위함인 것이다. 물론 그렇게 예쁘게 꾸미면 그것을 보는 아내와 나도 심리적 만족을 느낄 수도 있을 것이다. 그러나 그런 것도 따지고 보면 내가 이처럼 호사스러운 생활을 즐길 수 있을 만큼 신분상승하였다는 것을 확인하는 자기만족에 지나지 않는 것이다.

집을 잘 꾸며야 한다는 강박관념이 식구들을 집의 노예로 만들 수 있다. 나는 내 집의 손님이 아니고 주인인 것이다. 그러므로 보다 더 단순한 거실, 더 텅 빈 방이 오히려 마음에 안락한 것이다.

최근 꾸미지 않는 집에서 발견한 최고의 기쁨은 바로 '하늘'이다.

7층의 아파트 바로 앞에는 중학교가 있어 다행히 시야가 트여 있고, 학생들이 넓은 운동장에서 뛰어노는 모습을 구경할 수 있는데, 그보다 더 좋은 것은 그 때문에 파노라마와 같은 하늘을 마음껏 바라볼 수 있다는 점이다.

서향집이라 오후에 드는 볕이 눈부셔서 전동식 커튼을 먼저 살던 사람이 마련해두었지만 아내와 나는 좀체 커튼을 치지 않는다. 그 대신 전면유리를 통해 펼쳐지는 시네마스코프의 하늘 모습을 공짜로 얼마든지 감상할 수 있다는 점은 참으로 행복한 기쁨이다.

나는 하늘이 그렇게 재미있는 드라마이며, 영화이며, 스크린이며, 변화무쌍한 캔버스임을 몰랐었다. 하늘의 도화지 위에는 항상 구름과 햇살과 비와 눈과 바람의 색채들이 출렁이고 때로는 달빛과 황홀한 노을이 신의 붓에 의해서 항상 채색되고 있는 것이다.

어떨 때는 러시아의 문호 고골리가 『죽은 혼』에서 표현하였던 대로 "얌전하면서 휴일에는 때때로 주정을 부리는 수비대 졸병의 낡아빠진 군복으로밖에 보이지 않는 초라한 하늘"이지만 어느 때는 한용운의 「알 수 없어요」라는 시의 한 구절 "지리한 장마 끝에 서풍에 몰려가는 무서운 검은 구름의 터진 틈으로 언뜻언뜻 보이는 푸른 하늘은 누구의 얼굴입니까"처럼 정체불명의 낯선 얼굴이 되기도 한다.

어떨 때 하늘은 희다 못해 푸른 옥양목의 구름들이 널려 있는 빨래터가 되는가 하면 어떨 때는 고양이의 눈알이 되어 그렇게 맑던 저녁 하늘이 금세 흐려져 바람까지 인다. 이어 설마 비야 오랴, 하던 하늘에서는 어느새 주룩주룩 비를 쏟기 시작한다.

이 변화무쌍한 하늘의 연출을 보는 것은 정말 즐겁다.

내가 앉은 자리는 나만의 공연을 위한 특별관람석. 특별 공연은 대부분 하루에 한 번씩밖에 막이 오르지 않지만 나를 위한 하늘의 공연은 낮이건 밤이건 가리지 않고 24시간 연중무휴다.

단 한 번도 똑같은 모습을 허락지 않는 구름의 결벽증, 단 한 순간도 똑같은 곳을 비추지 않는 햇볕의 엄격성, 단 한 장면도 똑같은 모습을 연출하지 않는 하늘의 다양성.

하늘의 특별무대가 우리 집 거실 유리창 정문에서 매순간 공연되고 있는데, 도대체 무엇을 꾸밀 것인가. 더 이상 우리 집에 무슨 화려한 가구가 필요할 것인가.

아내와 나는 요즘 하늘이 주는 재미에 빠져 도무지 지루하지 않은 하루하루를 보내고 있다.

최근에 들은 인상적인 이야기가 있다.

고대 로마에서는 개선장군이 로마로 귀향할 때는 노비 한 사람을 마차 뒤에, 남의 눈에 띄지 않도록 숨겨두는 관습이 있다는 것이다.

전쟁에서 빛나는 승리를 거둔 장군들은 황제가 기다리고 있는 궁전을 향해 로마 시내를 행진하는 동안 모든 시민들이 거리에 나와서 만세를 외치며 꽃을 던진다고 한다. 이때 개선장군은 네 마리의 말이 이끄는 수레 위에 서서 시민들의 환호에 일일이 손을 들어 화답하게 되어 있는데, 바로 그런 마차의 수레 뒤에는 장군이 고용한 노비 하나가 숨어서 열광적인 환호에 손을 흔드는 장군에게 끊임없이 이렇게 외친다는 것이다.

"그대여, 너는 네가 인간임을 잊지 마라. 장군이여, 너는 네가 인간임을 잊지 말아라."

개선장군은 자신을 열광적으로 환호하는 로마 시민들의 외침 소리와 그 모습을 보는 동안 무의식 중에 자신이 그런 대접을 받아도 마땅하다는 황홀경을 느끼게 될 것이며, 그로 인해 자신이 인간이 아니라 신일지도 모른다는 착각에 빠져 교만해지고 우쭐거리다가 마침내 태양을 향하다 촛농으로 만든 날개가 녹아 추락하여 죽는 희랍신화의 이카로스처럼 비참하게 몰락할 것을 경계하는 현명한 사전예방책이었던 것이다.

이와는 약간 성격이 다르지만 중국의 고사에도 이와 유사한 얘기가 있다.

춘추시대 오나라와 월나라는 원수지간으로 오왕 합려는 월나라가 혼란함을 틈타 공격하였다가 적의 화살에 부상당한 상처가 악화되는 바람에 목숨을 잃는다. 이때 합려는 자신의 아들인 부차에게 반드시 원수를 갚으라는 유언을 남긴다.

훗날 왕이 된 부차는 부왕의 유언을 한시도 잊지 않으려고 섶 위에서 잠을 자고 자기 방을 드나드는 신하들에게 부왕의 유명을 외치도록 명령하였다.

"부차여, 부왕의 수치를 잊지 말고 반드시 원수를 갚을지어다."

권력에 심취하여 신기루와 같은 허상에 빠지지 않도록 미리 노비를 고용한 개선장군이나 아버지의 유언을 한시라도 잊지 않기 위해서 섶 위에서 잠을 자고, 신하들로 하여금 통성痛聲하게 한 부차 모두 자신의 본분을 망각하지 않으려는 특단의 조치를 취한 것이라 할 수 있을 것이다.

개선장군이나 왕이 아닌 평범한 보통 인간이라도 인생을 살아가다 보면 어느 순간 우월감과 교만에 빠지게 되는 경우가 있을 것이다. 이럴 때 '너 자신을 잊지 말아라'를 끊임없이 외쳐주는 노비와 같은 충고자나 방을 드나들 때마다 '아버지의 원수를 잊지 말라'고 외치는 신하와 같은 벗을 갖고 있는 것은 지극히 다행한 일일 것이다.

왜냐하면 이들은 수행 중 잠을 깨우는 죽비와 같은 존재이며, 일정한 시간이 되면 자동적으로 울려주는 자명종과 같은 존재이기 때문이다.

물론 자명종의 알람 소리는 5분이라도 더 자고 싶은 욕망에는 지극히 성가시고 짜증나는 소리이다. 때로는 자명종을 던져버리거나 이불 속에 처넣어버리고 몇 시간이고 더 내처 잠을 잘 수 있을지도 모른다. 그러나 그렇게 되면 잠은 실컷 잘 수 있을지는 모르지만 오히려 직장으로부터는 쫓겨나게 될지도 모를 일이다.

내게도 이런 독일제 자명종과 같은 존재가 있다. 그 존재는 고장 나지도 않고 항상 내게 이렇게 소리치고 있다.

"잘난 체하지 마라. 남의 칭찬을 너무 사실대로 받아들이지 마라. 인간임을 잊지 마라. 지금 꽃을 던지는 저 사람들이 언젠가는 돌을 던질지 모르는 일이다."

도저히 떼려야 뗄 수 없는 귀찮고 성가신 강력접착제와 같은 이 벽제꾼은 바로 내 아내이다. 젊은 시절 아내의 자명종은 하루에 한 번 정도 울리는 게 보통이었다. 그러나 나이가 들어갈수록 경보음이 울리는 빈도수가 잦아지더니 이제는 시도 때도 없이 경습공보를 울리고 있다.

특히 함께 외출하여 무슨 모임 같은 데 참석했다 집으로 돌아오면 아내의 잔소리는 천둥과 번개를 동반하는 폭풍처럼 몰아친다. 게다가 요즘에는 자신의 역할에 대해 엄숙한 사명감까지 느끼고 있는 모양인지, 내가 "도대체 왜 그래" 하고 화를 내면 "그럼 내가 아니면 누가 당신의 잘못을 꼬집어줄 수 있냐고. 나도 잔소리하는 게 지겨워, 그러면 포기할까, 포기하고 입을 다물어버릴까, 당신이 남에게 조롱거리가 되든 비웃음의 대상이 되든 모른 체해버릴까, 그럴 수는 없잖아. 내가 아니면 누가 하냐고" 하는 투사적 사명감까지 내비치는 것이다.

솔직히 나는 아내들이 자신의 남편에게 비위를 맞추고 듣기 좋은 말만 하는 꼬락서니는 보지 못한다. 그러한 부부를 보면 부부라기보다는 무슨 공범자처럼 느껴지고 맞선을 보기 위해서 모인 쌍쌍의 짝처럼 보일 뿐이다. 마땅히 부부는 서로의 결점을 지적하고 이를 고치려고 애를 쓰며 그 잘못된 결점이 되풀이되어 습관이 되지 않도록 끊임없이 채찍질하는 존재일 때 건강한 부부라고 나는 평소 생각하고 있다.

아내의 말대로 가장 무서운 것은 서로서로에게 관심조차 없어서 무풍지대처럼 대화까지 포기하는 것인데, 그것은 그렇다 하더라도 아내의 자명종은 날이 갈수록 날카로워지고 이제는 유관순 누나와 같은 사명감 때문에 더욱더 예리해지는 것이다.

이와 같은 아내의 잔소리는 모든 가정, 전 세계의 모든 가족들 간에서 되풀이되는 모양인지 아내의 잔소리, 즉 아내의 충고에 관한 속담은 모든 나라에 존재하고 있다.

노르웨이에는 "아내의 충고는 가볍게 여겨서는 안 된다. 행복은 아주 작은 도움도 즐겁게 받아들이려 하는 것이다"라는 속담이 있으며, 스코틀랜드에는 이런 속담도 있다.

"아내의 충고는 쓸데없는 것이지만 그것을 받아들이지 않는 남편에게는 재앙이 온다."

그뿐인가. 영국에는 아내의 충고에 관한 재미있는 속담도 있다.

"아내의 충고는 대수롭지는 않다. 그러나 그 충고를 받아들이지 않는 남자는 바보다."

"당신 아내의 최초의 충고에는 귀를 기울여라. 그러나 두 번째 충고는 듣지 마라."

그러나 솔직히 말해서 나는 아내의 잔소리를 좋아한다. 겉으로는 신경질 내고, 듣기 싫어하는 척하지만 아내의 잔소리에서 많은 것을 배우고 깨닫는다.

아내의 잔소리는 침을 놓는 것과 같다. 아내는 내 정신과 육체의 급소를 기가 막히게 알고 있다. 아내는 언제 그 급소에 침을 놓아야 하는지 타이밍까지도 알고 있다. 아내가 침을 놓으면 처음에는 통증이 있고 화도 나지만 그 고통 속에서 나는 치유된다. 아내의 침을 통해 굽었던 마음이 펴지고, 불구와 같은 마음이 꼿꼿해짐을 느낀다. 아내의 침이 없다면 나는 무감각의 식물인간으로 전락해버릴지도 모른다.

때로 아내는 내 정수리에까지 침을 놓는다. 이른바 정문일침頂門一鍼이다. 그럴 때 나는 펄펄 뛰지만 시간이 흐르면 아내의 일침이 옳았음을 깨닫는다.

그렇다.

아내는 내게 있어 함께 수레를 타고 인생의 시가행진을 벌이는 동반자이다. 나는 아내가 절대로 포기하지 말고 자신의 역할에 끝까지 충실해주길 바란다. 그러나 부탁할 것은 제발 결정적일 때 침을 놓아주시지, 수지침 같은 작은 침 따위는 제발 놓아주지 말아주셨으면 하는 것이다. 그리고 침을 놓을 때라도 제발 아프지 않게 살살 놓아주셨으면 하는 것이다. 아이고, 사람 살려. 마님.

세 번 이상 물어라

두어 달 전쯤이었을까.

나는 집으로 배달되어 온 『샘터』를 읽다가 우연히 한 구절에서 시선이 멎은 적이 있었다.

"노인에게 의견을 물을 때에는 한 번 묻는 것으로 끝내지 말고 세 번 이상 거듭해서 물어야 한다."

그 말을 지금껏 수없이 들었는데도, 갑자기 한순간에 마음속에 들어온 것은 아마도 내가 어느덧 노인이라고 불릴 수 있는 나이에 접어들고 있기 때문일 것이다. 지금껏 나는 그 내용을 듣고서도 내가 한 번도 노인이라고 생각해본 적이 없었으므로 그냥 대수롭지 않게 흘려들었었는데, 이제 나는 누가 뭐라 해도 환갑을 맞은 노인이었으므로 그 문장이 유독 가슴에 와 닿았던 모양이었다.

그 내용대로라면 나이 든 노인들은 첫 번째 질문에 쉽게 속내를 드러내지 않는 속성을 갖고 있는 것처럼 보인다. 젊었을 때는 '예' 할 것은 '예' 하고, '아니요' 할 것은 단숨에 '아니요' 하는 속전속결의 결정을 내리고 있었으면서도 일단 노인이 되고 보면 '예'라고 대답할 경우에도 일단 '글쎄'라고 대답을 하거나 애매하게 대답을 미뤄버리는 경우가 왕왕 있는 모양이다.

어떻게 보면 이러한 내용은 노인에 대한 존경심에서 세 번 이상 거듭해서 묻는 것이 아니라 노인들은 보통 눈치를 보고 비굴하게 대답을 유보하는 속성이 있으므로 적어도 세 번 이상 의견을 되풀이해서 물어보라는 일종의 처세술과 같은 것이다. 또 이러한 뜻도 내포하고 있다.

"노인은 쉽게 섭섭해하거나 노여워하거나 사소한 일에도 삐친다. 그러므로 노인은 자신의 속내를 드러내지 않을 뿐 끊임없이 눈치를 살피고 있는 것이다. 따라서 첫 번의 질문에 '글쎄' 하고 대답을 유보했다고 해서 그것이 노인의 속마음이라고 결정을 해버리면 실수를 하게 된다. 이처럼 노인은 다루기 힘든 어린애와 같은 존재인 것이다."

실제로 소포클레스는 "노인은 두 번째 아이이다"라고 말함으로써 다루기 힘든 존재임을 인정하고 있다.

그러나 과연 그러한가.

노인은 눈치를 살피고 다루기 힘든 제2의 어린아이인가. 시인 예이츠가 노래하였던 "늙은이는 다만 하나의 하찮은 물건"인가. "막대기에 꽂힌 다 떨어진 옷"인가. "살아 있다는 것이 창피해/이 쭈그러진 그림자는 얼떨떨해 등을 굽히고 바람벽을 지고 간다/인사하는 사람 하나도 없으니 얄궂은 팔자여/죽음의 벽만 바라보니 허섭스레기"라고 보들레르가 노래한 것처럼, 노인은 살아 있다는 것이 창피해 젊은이들의 권유에도 쉽게 속내를 드러내지 못하고 세 번 이상 거듭 의견을 물어야만 겨우 자신의 속내를 드러내는 죽음의 벽만 바라보고 걸어가는 허섭스레기인가.

이 내용이 내 가슴에 틀어박혀 화두가 되었을 무렵 마침 내 생일이 있었다. 환갑. 특별히 거창하게 생일잔치를 벌일 생각이 없었던 나는 아들딸과 함께 저녁식사를 하는 것으로 조촐한 파티를 벌였는데, 식사를 하는 도중 나는 도단이에게 물었다.

"며칠 전 『샘터』에서 어느 구절을 읽었는데, 노인에게는 반드시 세 번 이상 거듭 의견을 물어야 한다는 것이 생활의 지혜라고 씌어 있었는데, 네 의견은 어떠냐?"

그러자 도단이가 대답하였다.

"아이고, 아바마마. 제발 그러지 마시옵소서. 언제든 한

번 질문에 선뜻 예 할 것은 예 하고 아니요 할 것은 아니요 하는 당당한 아바마마가 되소서."

물론 도단이의 그런 표현이 나로서는 기분 좋은 일이다. 평소 싸구려 손목시계를 차고 다니던 내가 안타까웠는지 다혜와 도단은 둘이 돈을 합쳐서 내게 명품시계를 선물하였다. 나는 직접 손목에 시계를 채워주는 아들딸을 보면서 선물을 받았다고 해서가 아니라 그렇게 대답해주는 도단이가 고마웠다. 왜냐하면 도단이의 그런 대답은 아버지인 내가 허섭스레기의 노인이 아닌 언제나 당당한 가장으로서의 아버지 노릇을 해달라는 일종의 '권리장전權利章典'과 같은 신임장이었기 때문이었다.

그러나 과연 그러할까.

내가 힘도 떨어지고 어쩔 수 없이 죽음의 벽만 바라보는 막대기에 꽂힌 다 떨어진 옷처럼 하찮은 존재가 되었을 때도 '아버지 이번에 저희 가족들이 휴가를 가는데 함께 가실래요?' 하는 질문에 기다렸다는 듯이 '오냐, 나도 데려가달라'고 냉큼 대답할 수 있을 것인가. 그러한 행동이 과연 옳은 것일까.

성경을 보면 부활한 예수가 베드로에게 나타나 세 번이나 거듭해서 "네가 나를 사랑하느냐" 하고 묻는 장면이 나온다. 베드로는 세 번이나 예수가 "나를 사랑하느냐" 하고 묻는 바람에 슬퍼져서 이렇게 대답하였다고 요한복음은 기록하고 있다.

"주님께서는 모든 일을 다 알고 계십니다. 그러니 제가 주님을 사랑한다는 것을 모르실 리가 없습니다."

그러면 예수는 어째서 베드로에게 세 번이나 "너는 나를 사랑하느냐" 하고 질문하였던 것일까. 예수는 어째서 "주님 아시는 바와 같이 저는 주님을 사랑합니다"라는 베드로의 첫 번째 대답에도 불구하고 똑같은 질문을 세 번이나 거듭거듭 묻고 있는 것일까.

오래전 나는 돌아가신 성철 스님의 상좌였던 원택 스님으로부터 인상적인 이야기를 들은 적이 있었다. 원택 스님이 성철 스님에게 뭐라고 말씀하시면 성철 스님은 반드시 세 번을 되물어보곤 하였다는 것이다. 아주 하찮은 내용이라도 세 번의 질문은 어김이 없었다는 것이었다.

예를 들어 원택 스님이 "그 집 냉면은 맛있습니다"라고 말하면 성철 스님은 "그 말이 참말이가" 하고 세 번이나 거듭 물었다는 것이다. 그런데 이상한 것은 세 번이나 똑같은 질문을 받게 되면 자신이 생각하고 있었던 '그 집 냉면이 맛있는 음식'이라는 고정관념이 과연 객관적인 것인가, 아니면 편견인가, 아니면 거짓말인가 하는 존재론적 회의에 사로잡히게 된다는 것이었다.

성철 스님의 세 번씩 되풀이되는 질문은 그러므로 우주론적 질문이며, 우리의 고정관념이나 선입관과 같은 미망의 잠을 깨우는 죽비와 같은 통렬한 방榜인 것이다.

마찬가지로 부활한 예수가 베드로에게 "네가 나를 사랑하느냐"라고 세 번씩이나 질문하였던 것도 백척의 간두 위에서 한 발자국 더 나아가 생사를 초월하는 서슬 퍼런 할喝인 것이다.

최근 나는 "노인에게는 반드시 세 번 이상 물어봐야 한다"는 그 내용이 노인을 위한 것이라기보다는 실은 젊은이들을 위한 삶의 교훈임을 깨달았다.

가령 '아버님, 이번에 휴가를 가는데 함께 가실까요' 하고 묻는 아들의 마음속에 진실로 아버지를 모시고 가고 싶다는 생각이 있다면 누가 시키지 않더라도 아들은 아버지에게 세 번 이상은 물론 열 번이라도 '함께 가시지요' 하고 권유할 것이나 만약 함께 가고 싶지 않은데 그냥 인사치레로 '함께 가실까요' 하고 의견을 묻는 것이라면 아버지의 첫 번째 대답인 '글쎄다'라는 대답에도 아들은 '옳다 잘됐다. 나는 아들로서 도리를 다했으니 이로써 면피面皮는 한 것이다. 나는 아버지의 결정에 따른 것뿐이다'라는 식으로 도망치게 되어버릴 것이다.

만약 그러한 아들에게 아버지가 선뜻 '좋다 함께 가자'

하고 대답한다면 아마도 아들은 아버지를 마음속으로 경멸하고 점점 귀찮아지는 허섭스레기로 취급하게 될 것이다. 그러니 '노인에게 반드시 세 번 이상 질문하라'는 내용은 노인을 위한 것이 아니라 실은 노인을 섬기는 젊은이들을 위한 삶의 지혜인 것이다.

이들은 아버지에게 세 번 이상 의견을 물음으로써 '부자유친父子有親'의 미덕을 실천하게 되는 것이며, 젊은이들은 노인에게 세 번 이상 양보하고 권유함으로써 평화로운 가정을 이룩할 수 있는 밑거름이 되는 것이다.

젊은이들이여.

노인들에게 반드시 세 번 이상 의견을 물어라. 그러나 그보다 더 중요한 것이 있으니, 그대 자신에게 세 번 이상 질문하라.

일찍이 독일 철학자 야스퍼스는 이렇게 말하였다.

"우리들은 이 세상에서 끊임없이 묻는 일에 종사하고 있다. 그러나 우리들의 질문은 물어보고 있는 그 자체일 뿐 그 자신을 물어보는 것은 피하고 있다."

예수가 베드로에게 세 번이나 "네가 나를 사랑하느냐"는 질문을 던진 것은 베드로가 진실로 나를 사랑하고 있는가라는 사실을 확인하기 위해서가 아니라 베드로를 '진실로 남을 사랑하는 사람'으로 거듭나게 하기 위한 준엄한 가르침인 것이다. 성철 스님이 제자에게 "네 그 말이 참말이가" 하고 세 번이나 물었던 것은 대답을 듣기 위해서가 아니라 제자를 '참말을 하는 진인眞人'으로 만들기 위한 준엄한 가르침인 것이다.

젊은이들은 세 번 이상 노인들에게 질문을 던짐으로써 노인을 이해하고 사랑하게 될 것이며, 무엇보다 자기 자신을 이해하고 사랑하는 사람이 될 것이다.

견우와 직녀

이런 고백을 해도 좋을지는 모르지만 아내와 나는 지금 별거상태(?)다. 호사가들이 들으면 귀가 번득 뜨일지는 몰라도 어쨌든 별거상태인 것만은 분명하다. 그렇다고 각자 다른 집에 사는 것은 아니지만 각자의 방은 따로 있어, 각자 자는 것도, 옷을 갈아입는 것도, 세수하고 이를 닦는 것도 따로이니 완전히 한 지붕 두 가족인 셈이다.

물론 결혼 초기부터 이랬던 것은 아니었다. 마흔 살 중반이던 1990년대 초까지는 한방에서 나란히 잠을 잤다. 워낙 내가 잠을 험히 자는 편이고, 이불을 둘둘 말아 양다리 사이에 끼고 자는 버릇이 있어 한 이불을 덮고 잠을 자지는 못하더라도 한방에서 잠을 잤던 것은 사실이다.

함께 잠을 자면 어쩌다 가위에 눌려도 서로 잠을 깨워줄 수도 있고, 잠이 오지 않으면 두런두런 이야기도 나눌 수 있고, 평화롭게 잠든 상대방의 얼굴을 쳐다보거나 코 고는 소리까지 들을 수 있어 '밥은 따로 먹어도 부부는 한 이불 속에서 잠을 자야 한다'는 어른들의 말이 틀린 것이 아니로구나 하고 느끼기도 하였었다. 닭살부부들은 죽을 때까지 팔베개하고 잠이 든다는데, 아내에게 그런 과잉친절을 보여준 적은 없지만 어쨌든 부부가 한방에서 잠을 잔다는 것은 정답고 당연한 일로 받아들여졌던 것이다.

그런데 우리 부부의 생활리듬이 깨진 것은 딸아이가 고3에 올라가던 1990년도부터였다. 아내는 딸아이와 더불어 지독한 고3병을 앓기 시작하였다.

비좁고 좁은 딸아이 침대에서 함께 자면서 시험공부 하는 것을 도와주고, 한 시간만 잔 후 깨워달라면 깨워주고, 새벽 일찍 일어나 딸아이를 학교에 보내주는 등 온갖 뒷바라지하는 일로 자연 우리는 각방을 쓰는 별거생활로 들어갈 수밖에 없었던 것이다.

그때부터 나는 2층에서 혼자 자는 버릇이 생겼다. 처음에는 자리에 누우면 시베리아 벌판의 이글루 안에서 잠을 청하는 에스키모 같다는 생각이 들어 울화가 치밀고, 공연히 이러한 교육제도를 만든 대통령과 교육부장관 등을 한

꺼번에 싸잡아 욕을 해대기도 했었다.

나는 딸아이가 제발 대학교에 붙어 재수하지 않기를 고대하며 시간이 나면 성당에 들러 기도를 하였는데, 그것은 딸아이를 위해서라기보다는 고3병에 빼앗긴 아내를 다시 되찾아 오겠다는 간절한 소망 때문이었을 것이다.

다행히 딸아이는 덜컥 대학에 붙었고 나는 환호작약하면서 '대한독립만세'를 외쳤는데, 아내는 한층 더 비장한 얼굴로 아직은 연금생활이 끝난 것이 아니라 보다 본격적인 격리생활이 시작된다고 선전포고하였다.

환장한 얼굴로 내가 그 이유를 묻자 아내는 도단이가 이제 고2가 되었으니 어쩔 수 없다는 것이었다. 나는 비명을 질렀다.

"도단이는 아직 고3이 아니잖아. 이제 겨우 고등학교 2학년이라고."

그러나 아내는 한층 더 치열해진 대학입시 때문에 2개년 계획도 짧은 것이라고 으름장을 놓기 시작하더니, 한술 더 떠서 아래층 소파 위에 총본부를 설치하기 시작하였다.

딸아이와는 같은 여자라 한 침대에서 잠을 잘 수 있었지만 아들 녀석은 남자라 아예 문 앞 소파에 캠프를 설치하였던 것이다.

그 이후부터 아내는 아들 녀석에게만 매달리고 나는 완

전히 찬밥이었다. 아들 녀석은 아내의 애인이자, 정부이자, 새로운 남편이었다. 나는 쓸모없이 버림받은 전남편이었다.

한 1년간은 울분에 쌓여 신경질을 부리고 짜증을 내곤 하였는데, 언제부터인가는 시베리아 벌판에서 혼자서 텔레비전 보고, 혼자서 책보고, 혼자서 위스키 마시는 재미에 맛이 들어버렸다. 어쩌다 가위에 눌리기도 하였지만 몸부림 몇 번이면 자연 깨어나곤 했으므로 평화로이 잠든 아내의 얼굴이고 정다운 코 고는 소리고 나발이고, 오히려 혼자서 이런저런 생각 하다가 네활개를 치면서 잠이 드는 독신생활이 편해지기 시작하였던 것이다.

아들 녀석도 다행히 제때에 대학에 합격하여 3년간의 연금생활은 끝났으나 그 이후부터 우리 부부는 서로 약속하지는 않았지만 각자 따로 자기 시작하였다.

처음에는 아내가 남산 같은 곳에서 담요를 들고 다니며 커피를 파는 담요아줌마처럼 베개와 이불을 들고 2층으로 올라와 합방하였으나 며칠이 지나지 않아서 아내도 나도 한방에서 서로 잠을 잔다는 게 오히려 불편하다고 느껴졌던 것이다.

그래도 그동안 투정을 부린 것이 있었으므로 나는 아내의 눈치를 살피고 있었는데, 아내 역시 내 눈치를 살피는 것 같았다. 그래서 내가 먼저 말하였다.

"우리도 방을 따로 씁시다. 옛날에 양반들은 각자 방을 따로 썼어. 마님은 안방을 쓰고 남편은 사랑채를 썼지. 그래서 안방마님이란 말도 있지 않은가. 그러다 말이야 뽀뽀할 생각이 있는 밤이면 남편이 이렇게 말하기도 했었지. '헷헤, 헴헴헴. 오늘 밤은 내가 그리로 가겠소이다.' 그러니까 말이야 내가 '헷헤, 헴헴헴' 하고 헛기침을 하면 그것이 바로 그런 신호인 줄 알라고."

그래서 나는 다시 시베리아 벌판으로 나왔고 아내는 2층의 침대에서 잠을 잤다. 그러다가 딸아이가 시집을 가고 방이 비자 완전히 독립해서 별거상태가 된 것이다.

그렇게 보면 아내와 다른 방을 쓰게 된 것이 벌써 15년 정도가 되어가는데, 3년 전 새 아파트로 이사를 온 직후에는 이 습관이 하마터면 사라질 뻔했었다.

한 침대에서 며칠간 시험 삼아 함께 잠을 자본 것이었다. 그러나 침대 역시 20년 정도 된 고물이어서 아내가 몸을 움직이면 침대가 쿨렁거려서 도저히 깊은 잠에 빠져들 수 없었던 것이다.

아내도 내 눈치를 보고 나도 아내의 눈치를 보다가 마침내 우리는 합의별거에 도장을 찍은 것이었다.

즉 아내는 거실 오른쪽의 아들 녀석 방에서 잠을 자고, 나는 거실 왼쪽의 침대 방에서 잠을 자기로 완전 합의를 본 것이었다.

요즘 나는 저녁 6시면 일체의 약속 없이 집으로 돌아가 아내와 둘이서 텔레비전을 보고, 과일을 깎아 먹으며 미주알고주알 많은 얘기를 나눈다. 도대체 딸아들 시집장가 다 보낸 노부부끼리 무슨 할 얘기가 있겠느냐고, 많은 사람들이 의아해하지만 우리 부부는 얘깃거리가 궁해본 적이 없다. 그러다가 9시 뉴스가 끝나면 나는 벌떡 일어나며 아내에게 말한다.

"나 이제 자러 갑니다, 안방마님."

그러면 아내는 내게 말한다.

"좋은 꿈 꾸고 잘 자슈."

나는 거실의 왼쪽으로 방향을 틀어 방문을 열고, 옷을 벗은 후 침대에 들어가 눕는다. 어쩌다가 목이 말라 거실로 나아가 냉장고 문을 열고 물을 마실 때면 반대쪽 저편에서 아내의 목소리가 들려온다.

"웬일이야."

"목이 말라서 물 좀 먹으려고."

어느덧 아내의 침대 옆 책상 위에는 아내가 보는 책들과 손녀 정원이 사진, 정원이가 그린 그림 등 아내만의 고유한 짐들이 늘어난다.

그렇게 보면 우리 부부는 견우와 직녀와도 같다. 견우직녀 설화는 하늘에 떠 있는 견우성과 직녀성이 해마다 칠월 칠석이면 가까워지는 자연현상에서 유래된 이야기이다. 은하수를 사이에 두고 동서로 자리 잡고 있는 견우성과 직녀성은 1년에 한 번 칠월칠석에 만난다는 전설이다. 원래 직녀는 옥황상제의 손녀로 소 치는 목동인 견우와 혼인하였다. 그러나 이들이 결혼한 뒤 자신의 의무를 게을리 하자 옥황상제는 그 벌로 두 사람을 떨어져 살게 하고 1년에 한 번만 만날 수 있게 하였던 것이다. 그런데 은하수가 그들을 가로막아 만날 수 없게 되자 까마귀와 까치들이 머리를 맞대어 오작교란 다리를 놓아주었다는 것이다.

목동인 나는 옥황상제의 배려로 베를 짜는 아내와 결혼하였다. 견우와 직녀는 1년에 한 번 서로 만나지만 나와 아내는 매일 아침 은하수에서 서로 만난다. 아내를 만나러 은하수의 거실로 가는 길은 나를 낳은 부모님들과 모든 인연, 나라는 존재를 이루게 한 모든 사람들과 삼라만상이 합심하여 만들어낸 까마귀의 길이며, 아내 역시 나를 만나러 은하수의 거실로 오는 길은 아내를 낳은 그의 조상들과 어디서 무엇이 되어 다시 만날 수 있는 모든 영겁의 인연들이 합심하여 만들어낸 까치의 길인 것이다. 이 오작교의 다리를 지나 매일 아침 나는 은하수에서 아내를 만난다. 기분 좋은 날은 우리 집 거실 창밖으로 칠석우七夕雨까지 내린다. 언젠가는 우리 부부도 생과 사의 갈림길에서 헤어질 것이다. 그러나 우리 부부는 저렇게 많은 별들 중에 견우성이 직녀를 바라보고 이렇게 많은 사람 중에 직녀가 견우성을 바라보듯 언젠가는 나비와 꽃송이 되어 다시 만나게 될 것이다.

며칠 전이었다.

우연히 TV를 보다가 나는 문득 화면에 비친 문장에 눈이 머문 적이 있었다.

"10년 뒤에 내가 어떤 사람이 되어 있을까를 생각하십시오."

그 문장을 본 순간 나는 문득 까마득히 잊어버렸던 어린 시절 추억 속의 한 장면을 생생하게 떠올릴 수 있었다.

초등학교 6학년이었을 무렵, 나는 서대문구 평동에 살고 있었다. 지금은 없어진 서대문초등학교 운동장이 우리 동네 꼬마들의 놀이터였는데, 어느 날 아이들과 밤늦게까지 공차기를 하며 놀다가 날이 저물어 집으로 돌아가려 하는데, 어디선가 노랫소리가 들려왔다.

담장을 이웃하고 있던 이화여자중학교에서부터였다. 호기심이 많았던 나는 꼬마들과 담장을 뛰어넘었다.

노천강당에는 수많은 사람들이 모여 있었고, 그곳에서는 전국 초등학교 여자아이들의 무용대회가 열리고 있었다.

담 너머로 들려온 음악은 어린 여자무용수들이 자신이 선택한 음악에 맞춰 춤을 추는 소리였던 것이다. 그때 나는 사람들 사이에 끼여 경연대회의 장면을 지켜보았는데, 놀라운 것은 상상할 수도 없을 만큼 예쁜 내 나이 또래의 여자아이들이 연지곤지를 찍고, 화관을 쓰고, 색동치마를 입고 음악에 맞춰 부채춤을 추는 모습이었다.

그때는 6·25전쟁이 막 끝나고 환도 후였으므로 서울 거리는 폐허와 다름없을 정도였다. 그런데 폐허 속에서도 선녀처럼 예쁜 여자아이들이 휘황한 조명 속에서 춤을 추고 있는 것이 아닌가.

그뿐인가. 자신의 순서를 기다리는 여자아이들도 분단장 곱게 하고 내 곁에 서서 남이 추는 모습을 지켜보고 있었는데, 그 아이들의 몸에서는 이 지상의 냄새라고는 할 수 없는 자극적인 향기가 나고 있었고, 얼굴마다 꽃 화장을 하고 있었으므로 도저히 내 나이 또래의 여자아이라고는 믿어지지 않을 만큼 예쁘고 아름다웠다. 나는 순간 질투를 느꼈다.

지금 생각하면 그때 느낀 질투는 내 인생의 방향을 결정할 만큼 충격적이었으며, 운명적인 것이었다. 그 질투는 그 예쁜 여자아이들처럼 내가 예쁘게 몸단장하고 싶다는 상대적 질투가 아니라 그 여자아이들이 누리고 있는 선녀적 아름다움을 훔쳐보는 나무꾼적 질투심이었을 것이다.

솔직히 고백하면 그 질투는 그 예쁜 여자아이들을 소유하고 싶다는 욕정 같은 것이었다. 선녀들이 목욕하는 동안 그녀들이 벗어 놓은 선의를 훔침으로써 아내로 맞아들이고 싶다는 전설 속의 내용 같은 것이었다.

물론 그때 나는 열 살이 갓 지날 무렵의 초등학교 학생이었으므로 선녀를 아내로 맞이하고 싶다는 소유욕망을 이해하지는 못하고 있었을 것이다. 아직 성에 눈뜰 나이도 아니었으므로 지금 생각해보면 그런 욕망은 성적 충동이 아니라 마치 빅토르 위고가 쓴 『노트르담의 꼽추』의 주인공 카지모도가 에스메랄다란 아름다운 집시 무희에게 느꼈던 열등의식 같은 것이었을 것이다.

카지모도적 콤플렉스.

태어날 때부터 꼽추였던 그는 갓난아이 때부터 노트르담의 종탑에 갇혀 살게 된다. 그 예쁜 여자아이들이 춤을 추는 모습은 나 자신이 꼽추는 아니지만 열등의식의 종탑

속에 갇혀 있던 어린 나에게 다가왔던 에스메랄다의 춤과 같은 선망의 대상이었던 것이다.

그때 나는 관객 속에서 홀로 빠져나와 담 벽에 몸을 기대고 이렇게 중얼거렸던 것으로 기억된다.

내가 저 예쁜 여자아이들을 가질 수 있는 방법은 무엇인가. 그것은 저 선녀들의 옷을 나무꾼처럼 훔치는 일인가, 아니다. 그것은 동화 속의 이야기일 뿐인 것이다. 그렇다면 무엇인가.

그때 문득 떠오르는 것이 있었다. 그렇다. 내가 유명해지는 것이다. 유명해져서 저 예쁜 여자아이들과 동일한 신분을 유지하는 것이다. 아니 저 예쁜 여자아이들보다 더 빛나는 명예를 얻는 것이다. 그렇다면 내가 할 줄 아는 것은 무엇인가. 그것은 오로지 글을 쓰는 일일 뿐이다.

아주 어린 나이 때부터 소설가가 되기를 소망하고 있었으므로 아주 유명한 작가가 될 수 있다면 나는 손쉽게 저 여자아이들을 가질 수 있을 것이다. 가질 수 있을 뿐 아니라 내 마음에 꼭 드는 여자를 선택할 수 있을 것이다.

지금 생각하면 얼굴에 미소가 떠오르는 소녀 같은 상상력이지만 그렇게 보면 인류를 구원하겠다, 인간의 고통을 직시하겠다, 라는 식의 다른 문학청년들의 거룩하고 거창한 구호와는 달리 내가 그때 꿈꾸었던 나의 작가적 미래는 오직 그 예쁜 여자아이들로 상징되는 노트르담 사원 바깥 세상으로부터 인정을 받고 싶다는 원초적 욕망이었던 것이다.

그 이후부터 나는 먼 미래의 눈으로 현실을 보는 습관이 들기 시작하였다. 중학교 때에도 나는 공부는 하지 않고 하루에 단편소설 하나를 쓸 만큼 습작에 매달렸다. 고등학교 2학년 때 학생 신분으로는 우리나라 문학사상 최초로 신춘문예에 입선되었던 것도 10년 뒤, 아니 그보다 먼 미래의 눈에서 현실을 보는 그 무용대회가 열리던 노천극장에서 터득한 내 나름의 현실관 때문이었다.

4년에 걸친 군대생활을 하면서도 나는 이미 작가였다. 비록 고통스러운 현실 속에 머무르고 있어도 정작 내가 살아가고 있는 인생은 미래 속에 있었다. 그러므로 지금의 현실은 이미 인생을 다 산 사람이 문득 되돌아 지난날을 회상해보는 슬로비디오 식의 과거일 뿐이었다.

그것은 환갑이 지난 지금의 나이에도 마찬가지이다. 지금의 내 삶은 내가 죽은 후의 먼 미래에서 되돌아보는 스크린에 지나지 않는다. 내가 쓰는 글과 내가 사랑하는 아내와 가족들과 더불어 사는 내 인생도 먼 영원의 눈에서 살펴보면 낯선 행성에서의 빛이 어우러진 잔영에 지나지 않는 것이다.

행크 아론은 미국 메이저리그에서 당시 최다 홈런 신기록이었던 베이브 루스의 714 홈런 기록을 경신하고, 1976년 755개의 홈런을 친 후 은퇴한 전설적인 야구선수였다. 가난한 흑인이었던 행크 아론은 백인들의 협박과 가족들을 죽이겠다는 생명의 위협에도 불구하고 최대의 홈런 신기록을 기록한 불세출의 영웅인 것이다.

그에게 어느 날 기자가 물었다.

"매번 타석에 들어설 때마다 홈런을 쳐야지 하고 의식하십니까?"

그러자 행크 아론은 대답하였다.

"아닙니다. 타석에 들어설 때마다 홈런을 의식하지 않습니다. 나는 다만 타석에 들어설 때마다 나 자신은 외야석에 앉아서 내가 치는 모습을 구경하고 있을 뿐입니다. 내가 하는 경기 모습을 관중석에서 구경하고 있을 뿐이지요."

행크 아론이 홈런 신기록을 낼 수 있었던 것은 그의 삶이 타석에 집중되어 일희일비하고 있음이 아니라 외야석이라는 미래의 관중석에서 자신의 모습을 지켜보고 있었기 때문이다.

스피노자가 말했던가.

"지금의 이 순간을 현재의 눈으로 보지 마라. 먼 영원의 눈으로 현재를 보라."

행크 아론이 홈런을 칠 수 있었던 것은 스피노자의 말처럼 먼 영원의 눈, 즉 외야석에서 볼을 치는 자신의 모습을 묵묵히 지켜봄으로써 가능하였던 것이다.

성 아우구스티누스는 『고백록』에서 말한다.

"너희의 오늘이 바로 영원이다."

나는 오늘을 사는 젊은이들이 지나치게 현실적인 계산과 현세적인 쾌락에 의해서 노트르담 사원 종탑에 갇힌 카지모도처럼 꼽추로 살아가지 않기를 바란다.

카지모도는 에스메랄다와 그녀를 진심으로 사랑하는 파비스가 서로 손을 잡고 입맞춤하도록 안내한 다음 마침내 노트르담의 성당 밖으로 걸어 나온다. 많은 군중들이 카지모도를 기다리고 있었다. 이때 한 꼬마소녀가 카지모도의 얼굴을 어루만지며 손을 잡고 군중 속으로 인도함으로써 꼽추 카지모도는 마침내 노트르담 사원을 벗어나 보다 빛나는 바깥세상으로 나아가는 것이다.

이때 카지모도는 더 이상 꼽추가 아니고 가장 못생긴 망우제의 어릿광대의 왕이 아닌 영원 속에서 빛나는 하나의 인간으로 부활하는 것이다.

그대가 진정 홈런을 치고 싶다면 미래의 외야석으로 가라.

그대가 꼽추의 열등의식에서 벗어나고 싶다면 노트르

담의 사원에서 벗어나라.

그리고 영원으로 가라.

나쁜 식습관

프랑스 철학자 파스칼은 그의 수상록 『팡세』에서 유명한 어록을 남겼다.

"습관은 제2의 천성으로 제1의 천성을 파괴하는 것이다."

천성이란 하늘로부터 태어난 성격. 아무리 하늘로부터 좋은 성격을 물려받았다고 하더라도 나쁜 습관이 버릇되면 마치 비옥한 땅을 적절히 경작하지 않아 잡초로 가득한 황폐한 땅이 되어버리는 것과 같음을 비유하는 말이다.

가톨릭에서는 우리에게 있어 죄는 습관이 된 나쁜 악습이라 말하고, 이 나쁜 악습의 죄에서 벗어나려면 좋은 습관으로 고쳐나가고 극복해야 한다고 가르치고 있다.

도스토예프스키가 그의 소설 『악령』에서 "보통 모든 사람의 후반생은 전반생에 찾아온 습관만으로 성립된다고 합니다"라고 말한 것처럼 나도 이제 환갑이 넘어 인생의 후반생을 살고 있으니, 결국 도스토예프스키의 말처럼 전반생으로부터 이어진 습관에 의해서 고정관념에 의해서 매너리즘에 의해서 결말이 뻔한 통속소설처럼 하루하루 살고 있는지도 모른다.

생각해보면 나에겐 나쁜 습관이 많이 있다. 일일이 예를 들어 말할 수는 없으나 화를 잘 내는 것, 신경질이 많은 것도 그 나쁜 습관 중의 하나일 것이다. 성적인 망상 또한 나쁜 습관 중의 하나일 것이고, 해서는 안 된다는 것을 분명히 알고 있으면서도 공깃돌처럼 가볍게 던지는 거짓말의 습관 또한 악습 중의 하나일 것이다. 잔인하고 무도한 욕을 자주 사용하는 거친 말버릇 역시 고쳐야 할 악습 중의 하나일 것이고, 참을성이 없는 조급한 마음에서 파생되는 선입견 역시 나쁜 버릇 중의 하나일 것이다. 그러나 그러한 습관들은 일일이 눈에 보이지도 않고, 뚜렷한 행동으로도 나타나지 않으니, 마치 내부에 숨은 스파이와 같아서 어떨 때는 교묘하게 숨길 수도 있고, 위장할 수도 있어 더욱 치명적이다.

"악덕은 습관이 시작하는 데서 시작된다. 습관은 녹이다. 그것은 영혼의 강철을 파먹는다."

로맹 롤랑의 말처럼 이러한 나 자신의 나쁜 습관들은 이제 악덕이 되어 내 영혼의 강철을 녹처럼 갉아먹고 있는지도 모른다.

그 수많은 나쁜 습관 중에서 요즘 나의 고민거리는 바로 먹는 습관이다.

어릴 때부터 나는 눈 깜짝할 사이에 한 끼 식사를 뚝딱 해치워버리는 나쁜 습관에 길들여져왔다. 도대체 언제부터였는지 정확하게 기억되지는 않지만 어쩌면 군대에서 길들여진 나쁜 습관인 것 같은데, 지금까지 나는 나보다 더 빨리 먹는 사람을 보지 못하였을 정도로 속전속결로 식사를 해치워버린다.

나보다 더 빨리 먹는 사람을 본 것은 딱 한 명뿐인데 바로 김우중 회장이었다. 김 회장과는 한 달 이상 함께 유럽을 여행했었는데 그때 놀란 것은 김 회장이 나보다 두 배 이상 빨리 먹는다는 것이었다. 빨리 먹는 사람들의 특징은 맛을 즐기기 위해서 음식을 씹지 아니하고 입속에 넣자마자 그대로 삼켜버리는 것이 보통인데, 김 회장의 식사버릇은 가히 줄넘기 수준이었던 것이다.

그래서 김 회장의 수행비서들은 김 회장의 식사속도에 맞추느라 음식을 먹는 것이 아니라 마치 군대에서 선착순 기합을 받는 것처럼 삼키거나 아니면 배가 고파도 음식을 남기는 데 익숙해져 대부분 소화불량에 걸려 식사를 마치면 소화제를 먹는 것이 보통이었던 것이다.

이는 나도 마찬가지다. 사람들은 나하고 식사하는 것을 꺼린다. 내가 한 그릇을 뚝딱 해치우는 동안 다른 사람들은 이제 겨우 밥을 먹기 시작하는 것이다. 자연 먹을 음식을 모두 삼켜버린 나는 상대방이 식사를 멈출 때까지 기다리며 앉아 있을 수밖에 없는데, 그러면 상대방은 내 눈치를 보느라고 죽을힘을 다해 억지로 속도를 빨리 내다가 그만 체해버리기 일쑤인 것이다.

어떤 사람들은 노골적으로 내게 불평한다.

"음식을 먹습니까, 아니면 음식을 삼키십니까. 도대체 음식의 맛을 알고 즐기기나 하십니까."

솔직히 말해서 나는 음식 맛을 잘 모른다. 음식이 나오면 나는 그 음식의 맛을 즐기기보다는 하기는 싫으나 어차피 하지 않을 수 없는 방학숙제를 후다닥 해치워버리는 게으른 어린아이처럼 음식이라는 숙제를 의무적으로 빨리 해치워버리는 것이다. 그러나 뭐니뭐니 해도 내 악습의 최고 피해자는 아내이다.

아내는 나보다 서너 배 정도 느리게 밥을 먹는다. 아내와 함께 외식을 할 때 보면 아내는 식탁에 나온 음식을 골고루 천천히 음미하면서 맛을 즐긴다. 김치는 김치대로 고

사리는 고사리대로 단무지는 단무지대로 양파는 양파대로, 마치 일일이 출석을 부르는 친절한 담임선생님처럼 식탁에 오른 음식들의 존재를 일일이 확인하고 그들의 건강상태를 확인하는 간호사 같은 자상한 마음으로 젓가락으로 하나씩 집어먹으면서 행복하게 맛을 즐긴다.

그에 비하면 나는 내가 좋아하는 음식만 집중적으로 공격하고 무차별 폭격으로 식사작전을 끝낸 후 나머지 시간을 아내가 식사를 끝낼 때까지 무료하게 참고 인내하며 견디고 기다리는 것이다.

"도대체 왜 그렇게 빨리 먹어요. 밥에 원수가 졌어요. 불안해서 도대체 먹을 수가 있어야지."

아내와 외식 후면 항상 내게 그런 불만을 털어놓기 일쑤여서 요즘엔 그나마 식사속도를 조절하느라고 애를 쓰는데 그렇게 하면 놀랍게도 입맛이 떨어지는 부작용이 생겨나는 것이다.

재미있는 사실은 원래 사람들의 식습관은 그 사람의 성생활과 일치된다는 것이다. 음식을 골고루, 그리고 천천히 맛을 즐기며 먹는 사람은 성생활도 천천히, 그리고 충분히 즐기면서 만족스럽게 하는 사람이고, 나처럼 맛을 즐기기보다 한 끼의 식사를 때우려고 후다닥 해치우는 사람은 성생활도 예고편이고 뭐고 번갯불에 콩 볶아 먹듯이 단숨에 끝내버리는 사람이라는데, 그렇게 보면 우리 부부는 전혀 궁합이 맞지 않는 부조화스러운 인연인지도 모른다.

하기야 옛날 사막에서 수도생활을 하던 교부들은 음식 맛에 탐닉하지 않기 위해서 일부러 먹는 음식에 모래를 뿌리곤 했었으며, 성 프란치스코는 식탐의 욕정에 빠지지 않기 위해서 일부러 음식에 재를 뿌려 넣기도 했었다는데, 그렇다고 나의 잘못된 식습관은 인간이 가지고 있는 대표적인 탐욕, 즉 수면욕과 색욕 그리고 식욕에 빠지지 않으려는 성인들의 모습을 본받기 위해서가 아니라 잘못된 평생의 습관 때문에 비롯된 것이다.

불가에서 내려오는 말에 "한 끼의 식사라도 제대로 할 수 있는 사람은 이미 도를 깨친 사람이다"란 말이 있다.

내가 앉은 식탁 위에 올라온 식사는 하느님이 주신 일용할 음식이며, 저 푸성귀는 농부가 햇빛과 이슬을 맞아가며 가꾼 채소이다. 저 김과 미역은 바닷속을 잠수하는 해녀들이 나를 위해서 목숨을 걸고 따올린 해초인 것이다.

그 음식 속에 깃들어 있는 존엄한 각각의 맛들은 나를 위해서 하느님이 만들어주신 사랑의 성찬인 것이다. 그러므로 우리들의 식탁은 하느님께 드리는 제단의 일종이다.

이 신성한 제단 위에 올려진 제물들은 이름 모를 농부가, 어부가, 해녀가 나를 위한 인연 때문에 보내온 번제물燔

祭物인 것이니 아아, 나는 이제라도 한 끼의 식사를 제대로 하고 싶다.

천천히 맛을 즐기며, 그리고 이러한 성찬을 마련해준 하느님과 이웃들에게 감사하면서 충분하게 여유를 갖고 먹는 행위의 신성한 예배를 통해 나날의 미사를 올리고 싶다.

내가 가진 수많은 악습 중에서 최소한 빨리 먹는 습관의 쇠사슬에서 벗어나 자유를 얻고 싶다. 이것이 요즘 내가 갖고 있는 최대의 고민 중 하나이다.

가장 순수한 우정

모든 축구경기에는 전반전이 끝나면 15분간의 휴식이 있고, 다시 후반전이 시작되는데 우리들의 인생도 그런 것 같다. 전반전에서 아무리 잘 뛰어서 몇 골을 넣었다 하더라도 후반전에 이르러 체력이 고갈되면 허덕이다가 연속적으로 골을 허락하고 역전패하듯이 전반전의 전술과 후반전의 전술은 그만큼 달라져야 하는 것 같다.

전후반을 오직 열심히 뛴다고 해서 승리를 거둘 수 있는 것도 아니고 때로는 치열한 자기 절제의 방어를 통하여 자신을 희생하기도하고, 기회가 오면 현실을 직시하고 냉정하게 골문을 향해 과감한 슛을 날려야 한다. 이기고 지는 것은 실제로 중요하지 않지만 공격할 때는 공격하고 방어

할 때는 방어해야 하는 리듬의 균형감각을 유지할 줄 알아야 인생의 승리자가 될 수 있을 것이다.

내 인생을 축구경기에 비유한다면 어디쯤에 해당되는 것일까. 아마도 전반전은 끝나고 15분간의 휴식시간도 끝나 이제는 후반전 45분에 해당되는 시간일 것이다. 체력은 이미 바닥나서 어쩌면 언제 휘슬 소리가 들려오나 초조하게 심판의 눈치를 보고 있을지도 모르고, 어쩌면 다리에 쥐가 나서 교체선수가 들어오기를 기다리며 절뚝거리며 뛰고 있을지도 모른다.

또한 전반전을 뛰면서 느꼈던 추억을 떠올리면서 때로는 후회하고 있기도 하고 무방비 상태로 억울하게 실점했던 지난 세월을 반성하고 있을지도 모르며, 또한 절묘한 타이밍으로 번개처럼 솟구쳐 올라 헤딩슛을 날려 골을 쟁취했을 때 쏟아지던 박수 소리와 환호성 소리를 기억하면서 그 빛나는 승리의 순간을 반추하고 있을지도 모른다.

그러면서 인생 전반전에 느꼈던 생각들과 후반전에 느끼는 생각들의 차이점에 대해서도 골똘하게 비교하고 있을지도 모른다.

실제로 요즈음 나는 젊은 시절이었던 전반전에 느꼈던 생각들이 후반전에 들어와서는 그릇된 편견에 불과했다는 걸 가끔 깨닫곤 하는데 그중의 하나는 '우정'이다.

성경에도 "벗을 위해서 제 목숨을 바치는 것보다 더 큰 사랑은 없다"는 말이 나온다. 참된 우정이란 영원한 것이며, 키케로가 말하였듯 "친구야말로 또 하나의 나"인 것이다. 그래서 우정이란 개념에는 항상 '신의' '우애' 같은 단어들이 동반되어 떠오른다.

그러므로 우정은 남성들의 전유물 같은 느낌이 들고 이러한 단어들은 마치 폭력배들을 결속시키는 의리와도 같은 끈을 연상시킨다. 친구를 위해 수십 명의 적들이 기다리고 있는 아지트를 찾아가 피의 복수를 벌이는 장면은 요즘에도 이른바 액션영화라 불리는 갱스터에 흔히 나오는 장면이며, 남성들은 자신들의 의리를 강조하기 위해서 때로는 손가락을 베어 그 피를 종지에 담아 나누어 마심으로써 혈맹을 맺곤 한다.

그러나 이런 우정에 관한 과거의 생각이 나의 편견이었음을 새삼스럽게 느끼고 있다. 나는 오히려 남성들의 우정보다 여성들의 우정이 나이가 들어갈수록 더 진실하다는 사실을 뼈저리게 느끼고 있는 것이다.

우선 나는 예수의 가르침처럼 벗을 위해서 내 목숨을 바칠 그런 용기가 없다. 친구를 향한 내 마음에 그런 용기가 없으니, 내 친구들 역시 나를 위해서 목숨을 바칠 리는 없을 것이다. 왜냐하면 우정이라는 것 역시 어차피 상대적인 것이므로.

그러나 아내의 경우를 보면 나와 다르다. 아내의 벗들은 많지는 않지만 대부분 수십 년 동안 함께해온 오래된 벗들이다.

"우정에 대해서는 다른 사물에 있어서와 같이 싫증이 나는 일이 있어서는 안 된다. 그래서 오래 계속될수록 좋은 법이다. 오랜 햇수 묵힌 포도주의 맛이 더 달콤한 것은 당연한 이치기 때문이다."

키케로의 말처럼 아내의 친구들은 한결같이 오랜 햇수를 묵힌 포도주와 같은 친구들이다. 사람 간의 관계는 때로 싫증이 날 만도 하지만 아내의 친구들은 한결같고 때로는 서로의 결점을 발견하면서도 이를 포용하고 너그러이 용서하고 있다.

이것은 아내의 경우에만 해당되지 않는다. 결론적으로 말해 지금까지 남성들의 전유물처럼 인식하고 있던 참된 우정은 오히려 남성들보다 여성들 사이에서 더 깊다는 사실을 요즘 비로소 깨달았던 것이다.

남성들의 우정이란 대부분 사교적이며, 신분을 과시하기 위한 일종의 훈장과도 같은 것이다. 대부분의 남자들은 우정을 사교욕망의 거래로 생각하고 있으며, 이에 따른 이해득실을 따지는 일종의 물물교환과 같은 거래로 생각하고 있다.

이러한 남성들의 가식적인 우정에 대해 프랭클린은 통렬하게 풍자하고 있다.

"남자에게는 세 가지 충실한 친구가 있다. 하나는 함께 늙어가는 조강지처이며, 함께 늙어가는 개, 그리고 현금이다."

실제로 독일의 유명한 철혈재상 비스마르크는 말년에 찾아오는 사람 하나 없이 자신의 곁을 지킨 늙은 개를 바라보면서 "내 유일한 친구는 바로 너뿐이로구나"라고 한탄하였다는 유명한 일화가 있을 정도인 것이다.

이 세상 모든 남자들보다 여성들의 후반전이 아름다운 것은 남자들의 곁에는 늙어가는 개밖에 친구가 없지만 여성의 곁에는 수십 년을 함께해온 친구가 있다는 점이다.

나는 친구를 만나러 가는 아내를 볼 때마다 여성들의 우정에 대해 진심 어린 선망의 시선을 보낸다.

화가 이두식 씨의 부인 손혜경 여사가 5, 6년 전 유방암으로 세브란스병원에서 임종을 앞두었을 때 나는 아내를 병원 앞마당까지 바래다주었었다. 아내가 나오기까지 두 시간 이상을 주차장에서 기다리면서 자신의 초라한 마지막 모습을 남에게 보이기 싫어 모든 사람들의 면회를 거절하였던 손 여사가 어째서 아내에게만은 면회를 허락하였는지 그것을 의아하게 생각하고 있었다.

아내는 손 여사의 임종을 지키다시피 하였으며, 마지막으로 신부님을 모셔다가 종부성사를 하는 데 앞장을 섰고, 지금도 아내는 손 여사가 그린 그림과 함께 나눈 편지를 머리맡에 두고 일요일 미사에 참석할 때마다 손 여사의 영혼을 위해 기도를 올리고 있다.

친구를 사귀는 데 적극적이지도 않고, 화려한 화술이나 재치 있는 언변도 없는 아내와 전혀 어울릴 것 같지 않은 아내의 친구들은 여전히 젊은 날의 연인들처럼 외국여행 중에 서로 엽서를 써서 부치고 식당에 가서는 각자 다른 음식들을 하나씩 시켜서 한 스푼씩 나눠 먹기도 하고 함께 손을 잡고 영화를 감상한다. 아내의 친구들은 서로의 결점들을 잘 알고 있지만 그것이 치명적인 독이 되지는 않는다. 왜냐하면 친구가 가지고 있는 결점이 나에게도 있는 공통된 결점임을 잘 알고 있으므로.

아내의 친구들은 패거리를 이루어 모반을 꿈꾸지도 아니하고, 이따금씩 만나서 계집아이가 되어 서로 민들레꽃이나 사금파리 같은 하찮은 물건들을 소꿉장난처럼 나누다가 시간이 되면 각자의 집으로 어머니가 되어 아내가 되어 할머니가 되어 긴 그림자를 끌며 돌아온다.

제아무리 전후반의 인생 경기에서 빛나는 승리를 거뒀

던 영웅이라 하더라도 경기를 끝낸 대부분의 남성들은 패잔병에 불과하다. 마치 전 유럽대륙을 지배하였으나 마지막에는 엘바섬에 유배되어 찾아오는 친구 한 사람도 없이 쓸쓸하게 죽었던 나폴레옹처럼.

그러나 여성들은 다르다. 모든 여성들에게는 찾아와주고, 함께 있어주고, 그리고 얼마 있다 돌아가는 벗들이 있다.

이러한 우정은 소금과 같은 것. 우리들 인간들의 영혼에 가장 순수한 소금을 이 지상에서 보존하고 있는 것은 오직 여성들뿐이다.

잘 가라, 게리 쿠퍼

요즘 내 마음 한구석은 뭔가 텅 비어 있는 느낌이다. 적절한 비유인지 모르지만 마치 큰 병이 들어 장기 하나를 수술로 떼어낸 느낌이다.

그 이유는 지난 3월 내 친구 하나가 암으로 1년 이상 투병생활을 하다가 죽었기 때문이다. 솔직히 말해서 친구의 죽음 하나가 내 마음의 한 부분을 베어낼 정도로 가슴 아프게 느껴진다는 사실에 나 자신도 놀라고 있다.

왜냐하면 지금까지 나는 별로 우정이나 친구와의 신의 같은 것에 큰 비중을 두고 있지 않았기 때문이었다.

물론 나는 친구가 많은 편이다. 젊었을 때는 친구들과 어울려 함께 술을 마시며 많은 나날들을 지내왔었다. 그러나 어느 순간부터 나는 친구들과 잘 어울리지 않는다. 어쩌다 친구들과 함께 자리를 하면 친구라는 존재가 서로의 영혼을 교감하는 영적인 상대가 아니라 일종의 사교적 파티에 동참한 초대받은 손님처럼 느껴지곤 한다. 인생에 있어 생명까지 나눌 수 있는 참된 벗 하나만이라도 만들 수 있다면 그 사람의 인생은 성공한 것이라는 옛말에 나는 동의한다. 나이가 들수록 친구는 쓸쓸함과 외로움을 함께 나누는 킬링타임용 동반자처럼 느껴진다. 그것은 전적으로 내 성격 탓일 것이다.

성경에도 예수는 "벗을 위해서 제 목숨을 바치는 것보다 더 큰 사랑은 없다"라고 말하고 있다. 그러나 나는 친구를 위해서 내 목숨을 바칠 만한 용기가 없고, 따라서 그러한 큰 사랑은 가져본 적이 없다. 그러므로 내 친구들이 나를 위해서 목숨을 바칠 만한 큰 사랑을 베풀지는 않을 것이다.

그런데 최근 죽은 내 친구는 이러한 나의 고정관념을 여지없이 깨부숴버렸다. 친구의 죽음이 이토록 큰 여운으로 마음에 남게 될 줄은 미처 몰랐다. 그 친구와의 기억들이 떠오를 때마다 나는 그에게서 일생을 통해 받았던 큰 우정에 대해 때늦은 후회를 하고, 그리고 가슴이 저리고 아프다.

그것은 참으로 이상한 일이 아닐 수 없다. 그 녀석과는 반세기 이상 만나서 악수를 하고 술을 마시고 때로는 못된 짓도 함께 하는 악동이었지만 그러나 따지고 보면 다른 친구들처럼 하루라도 못 보면 죽고 못 사는 그런 씨동무는 아니었다. 나하고는 졸업한 고등학교도 달라서 우리가 처음으로 만났던 것은 아마도 대학에 입학한 1960년대 중반 이후부터였을 것이다.

물론 우리는 서로에 대해서 잘 알고 있었다. 녀석의 형은 내 형과 고교동창이었고, 나는 녀석의 형을 좋아해서 친형처럼 따랐었다.

요즘과는 달리 그 무렵만 해도 서울에는 인구가 많지 않았고 다들 고만고만한 집안의 고만고만한 또래들이었으므로 서로 만나서 인사를 나누지 않아도 서로의 존재를 어렴풋이 잘 알고 있었다.

녀석은 종로 5가에 있는 서울대 문리대를 재수 끝에 입학하여 다니고 있었는데, 아마도 우리들이 처음으로 만난 것은 녀석이 학원에 다니며 재수를 하고 있을 무렵이었을 것이다.

만나자마자 "네가 인호냐" "네가 수억이냐" 하고 통성명을 하고 그때부터 친구가 되었던 것으로 기억된다.

친구가 되었다 해도 자주 만나지는 않았다. 언젠가 한번 다른 친구를 만나러 문리대 교정을 갔더니 녀석은 멋진 폼으로 투수가 되어 야구를 하고 있었다.

후리후리한 큰 키에 얼굴이 까매서 '깜씨'라고 불리던 녀석의 모습은 어딘지 게리 쿠퍼와 닮아서 나는 그때부터 녀석을 게리 쿠퍼라고 부르곤 했었다.

이런 고백을 하면 고인에 대한 나쁜 증언이 될지는 모르지만 한때 녀석과 나는 색주집에서 만년필인가 시계인가를 맡기고 마실 줄도 모르는 술을 마신 후 할 줄도 모르는 뽀뽀를 끝내고 비 내리는 툇마루에 앉아서 처마 끝에서 떨어지는 낙숫물을 함께 물끄러미 바라본 적도 있었다.

그 후 나는 군대에 갔고 녀석도 군대에 갔을 터인데 사이클이 맞지 않아 자주 만나지는 못하였다. 그런데 신기하게도 1년에 서너 번은 우연한 장소에서 만나서 함께 어울리곤 했었다.

한번은 통행금지 직전에 신촌 아파트에 허락도 없이 찾아와서는 아무런 말도 없이 하룻밤을 자고 훌쩍 떠난 적도 있었다. 그날 아침 녀석은 자기에게 친구가 하나 있는데 하루 종일 함께 있으면 몇 마디 나누지 않아도 이상하게 편안한 친구라는 이야기를 밑도 끝도 없이 하였다. 나는 그때 마음속으로 녀석이 아마도 그런 친구를 갖고 싶다고 고백한 것이라고 생각하였을 뿐 그냥 흘려들었는데, 그로부터 얼마 뒤 녀석은 미국으로 유학을 떠나버렸다.

그 후 우리가 다시 만난 것은 1990년대 초반이었을 것이다. 그는 SBS 방송국에 근무하고 있었고 마침 그 무렵 나는 술을 멀리하기 시작하였으므로 함께 술을 마시다가도 나는 화장실에 가는 척하고 슬그머니 일어나 도망쳐버리곤 했었다.

녀석은 소문난 마당발이었다. 64학번 동기생 중에서 아마도 녀석을 모르는 사람이 없을 정도로 교제 범위가 넓어서 우리는 서로 연락을 하지 않고도 우연히 엉뚱한 장소에서 만날 수 있었다.

그러나 자주 만나지 않아도 이상하게도 나는 녀석을 마음속 깊이 좋아하고 있었다. 이는 그 녀석 또한 마찬가지였었다. 아마도 녀석의 아버지와 내 아버지는 동시대의 법조인이었고 둘 다 아버지를 일찍 여의고 형제 많은 가난한 집에서 성장하였기 때문인지 서로 눈빛만 보아도 마음이 통한다는 느낌을 받곤 했었다.

한 3년 전쯤일까. 녀석은 나를 불러내어 한국에서 제일 유명한 룸살롱에서 호기롭게 술을 산 적이 있었다.

"인호야, 실컷 마셔. 오늘 술값은 내가 낼 테니까, 신경 쓰지 말어."

그때 녀석은 인라인스케이트를 나이답지 않게 타고 다

니다 다리가 부러져 목발을 짚고 다니고 있었다. 나는 마음속으로 녀석이 친구인 나를 보살피고 아껴주고 싶어서 환장을 한 것 같다는 느낌을 받았었다. 한번은 MBC의 한 프로그램에서 나를 주인공으로 다룬 적이 있었다. 방송국 측에서 친구들과 어울리는 장면을 촬영하고 싶다고 하자 자신의 단골집으로 친구들을 불러내어 소집을 한 것도 녀석이었다.

녀석은 나를 비롯한 친구들에게 어떻게든 맛있는 것을 먹여주고 싶어서 한때는 수산시장 단골집에서 햇굴을 사주고, 게찜 등을 특별주문하곤 했었다. 우리가 맛있게 먹으면 녀석은 너무너무 행복해했다. 아내도 녀석을 만나면 맛있는 별미를 실컷 먹을 수 있었으므로 녀석의 초대를 은근히 기다리곤 하였다.

그러던 녀석을 지난해 초봄 대낮에 만나 함께 소주를 반주로 하고 냉면을 먹었는데, 1년여 동안 괴롭히던 목발을 집어던지고 새로운 직장에서 새 출발을 시작하는 밝은 순간에도 불구하고 녀석은 내게 어두운 표정으로 이렇게 말하였다.

"인호야, 참 오랜만에 술을 마신다. 그동안 이상하게 몸이 무겁고 어지러워서 한동안 술을 안 마셨어. 그런데 오늘 술을 마시니까 몸이 가뿐한데, 역시 술꾼은 술을 마셔야 몸이 회복되나봐."

나는 그때 녀석의 푸념을 그저 단순한 넋두리로만 알고 대수롭지 않게 넘겼었다. 그러나 지금 와서 생각하면 아마도 그때부터 녀석의 몸 어딘가에선 암세포가 치명적으로 자라나고 있었던 듯 보인다.

그로부터 한 달쯤 지났을까 느닷없이 병원에 입원했다는 소문을 들었다. 그저 그런 가벼운 병이려니 하고 서울대병원에 병문안을 갔더니 가는 날이 장날이라고 환자는 잠깐 외출을 하였다는 것이다. 짧은 메모지에 왔다 갔다는 인사말을 남기고 돌아온 그날 밤, 다른 친구들로부터 연락이 왔다.

녀석의 병이 심상치 않다는 전갈이었다. 순간 나는 눈앞이 캄캄했다. 사는 것에 이골이 나서 웬만한 것에는 마음이 흔들리지 않음에도 불구하고 녀석의 병이 심상치 않다는 전갈을 받은 순간 나는 "성전 휘장 한가운데가 찢어지며 두 폭으로 갈라졌다"는 성경의 구절처럼 내 영혼의 휘장이 위에서 아래로 두 폭으로 찢어지며, 땅이 흔들리고 바위가 갈라지는 듯한 충격을 받았던 것이다.

그로부터 두어 달쯤 지났을까. 몇 명의 친구들이 모여서 녀석과 함께 점심식사를 한 적이 있었다. 그때 그는 항암치료를 받고 있었으므로 머리카락이 다 빠져 모자를 쓰고 있었고 여전히 이번 위기만 잘 넘기면 쾌유할 것 같은 자신만만한 표정이었다.

활기에 찬 녀석의 모습을 보면서 마음 한편으로는 안심이 되었지만 의사 측으로부터 이미 암세포가 온몸으로 전이되었다는 어두운 소식을 전해들은 친구들은 애써 밝은 표정으로 "기운 내, 곧 나을 거야" 하고 입에 발린 위로를 하며 헤어졌지만 식사 분위기는 내내 우울한 편이었다.

오히려 우리들의 마음을 위로하는 쪽은 녀석이었다. 항암치료 중에는 세균의 감염을 무엇보다 경계해야 한다는 상식을 알고 있었으므로 우리는 대충 식사를 하고 악수도 없이 헤어졌다.

그것이 녀석과의 마지막 만남이었다. 그 이후부터 들려오는 소식은 대부분 절망적인 내용들이었다.

무더운 여름이 지나고 어느덧 가을이 되었음에도 내 마음속에는 녀석에 대한 불안한 생각이 한시도 끊이질 않았다. 치료가 거듭되고 예후가 극히 나쁘다는 소식이 전해질 때마다 나는 마음이 캄캄하였다. 이따금 아내와 함께 녀석을 위한 기도를 올리면서도 내가 드리는 기도가 과연 하느님께 전해져서 녀석의 병이 씻은 듯이 쾌차될 수 있을까 하는 의구심이 들곤 했었다.

녀석을 찾아가 문병을 하자는 친구들의 전갈도 있었지

만 차일피일 미루고 있었다. 찾아가 형식적인 인사치레를 하고 형식적인 말을 나누다가 형식적인 이별을 나누고 돌아서는 일이 무에 소용이 있을까 하는 느낌이 들었던 것이다. 솔직히 말해서 죽음을 앞둔 사람에게는 찾아가는 나 자신이 건강하다는 사실이 부담스럽게 느껴질 수도 있고, 입장을 바꾸어놓고 생각하면 자신의 존재가 타인으로부터 동정이나 위로를 받는다는 사실을 거북하게 생각할 수도 있다는 지레짐작 때문이었다.

솔직히 말해서 친구로서 내가 그를 위해 해줄 수 있는 최선의 방법은 몇 마디의 따뜻한 말보다 하느님이 주는 평화를 깨닫게 하는 것이라는 사실을 잘 알고 있었다. 그러나 나는 자신이 없었다. 찾아가 녀석의 손을 마주 잡고 그리스도인으로 귀의해달라는 말을 간곡히 한다 해도 녀석이 이를 받아들일까 하는 두려움도 있었다.

나는 잘 알고 있었다. 특히 머리가 좋고 아는 것이 많은 지식인들은 하느님을 인간들이 만들어낸 편의점이나 허구적 이데올로기로 생각하고 있다는 사실을.

누구보다 지적인 녀석이 내가 건네는 몇 마디의 말로 마음의 문을 열 수 있을까 불안감이 앞섰던 것이다.

행여 찾아가 하느님을 애기한다면 이제 그만 생에 대한 집착을 포기하고 죽음을 선선히 받아들이라는 일종의 사형선고가 되지 않을까 하는 두려움도 있었던 것이다.

실제로 성경을 보면 바울로는 전도를 하다가 체포되어 아그리파왕 앞에서 자신의 개종을 설명한다.

"그리스도는 고난을 받고 죽은 자들 가운데서 제일 먼저 부활하여 이방인들의 눈을 뜨게 하셨고 어둠에서 빛으로 나아가게 하셨다"고 바울로가 설명하자 이를 듣고 있던 사람들이 "바울로 그대는 미쳤구나. 아는 것이 너무 많아 미쳐버렸구나" 하고 힐난하고 아그리파왕마저 이렇게 꾸짖는다.

"그대는 그렇게 쉽게 나를 설복하여 그리스도인으로 만들 수 있다고 생각하는가."

하느님이 선택한 바울로도 아그리파왕을 설복시키지 못하였거늘 하물며 어떻게 내가 그렇게 쉽게 세치의 혓바닥으로 죽음을 앞둔 녀석을 설복시켜 하느님의 존재를 깨닫게 할 수 있단 말인가.

나는 절망했다. 녀석을 위해 아무것도 할 수 없다는 나 자신에 대해 절망했다.

그러나 다음 순간 나는 문득 바울로의 말을 떠올렸다. 바울로는 자신을 비웃는 아그리파왕에게 말하지 않았던가.

"쉽게든 어렵게든 저는 전하뿐 아니라 오늘 제 말을 듣고 있는 모든 사람들이 다 저와 같은 사람이 되기를 하느님께 빕니다."

바울로의 그 말이 내게 용기를 주었다. 녀석이 나의 소망대로 그리스도인 되는 것이 쉽든 어렵든 그것은 내가 결정할 것이 아니라 하느님께 빌어야 한다는 바울로의 그 말이 마음에 와 닿았던 것이다.

그 순간 내가 선택한 방법은 녀석에게 편지를 쓰는 일이었다. 솔직히 나는 젊었을 때 아내에게 연애편지를 쓴 이후에는 편지를 쓴 기억이 거의 없다. 그러나 그 방법밖에는 다른 대안이 없다는 것을 나는 잘 알고 있었다.

나는 녀석에게 편지를 썼다. 마음을 모아 기도를 하고 편지를 썼는데 그 내용은 생각나지 않는다.

다만 가톨릭 사상 최고의 지성인이었던 성 아우구스티누스가 어느 날 정원에서 절망에 빠져 울고 있을 때 어디선가 "책을 들고 읽으라" 하는 노랫소리를 듣는다. 그 노랫소리를 계시처럼 느낀 아우구스티누스는 마침 탁자 위에 놓인 성경책을 펼쳐 들었는데 한눈에 들어온 성경의 내용은 다음과 같은 것이었다.

"……여러분이 잠에서 깨어나야 할 때가 왔습니다. 지금은 우리가 처음 만났던 때보다 우리의 구원이 더 가까이 왔습니다. 밤이 거의 새어 낮이 가까워왔습니다. 그러니 어둠의 행실을 벗어버리고 빛의 갑옷을 입읍시다."

빛의 갑옷.

나는 녀석이 진심으로 '빛의 갑옷'을 입기를 원하였다. 녀석은 평생 동안 항상 씩씩하고 정의로우며 신의가 있었으므로 빛의 갑옷을 입는다면 잔 다르크보다 더 용맹한 그리스도의 십자군이 될 것임을 나는 잘 알고 있었으므로.

나중에 녀석의 누이동생으로부터 전해들은 얘기지만 녀석은 내가 보낸 편지를 수십 번 읽고 읽을 때마다 울었다고 한다. 그리고 성가를 듣고 성경구절을 낭독해달라는 놀라운 변화를 보였다고 한다.

내가 두 번째 편지를 쓴 것이 녀석이 내 말을 듣고 가톨릭으로 귀의한 이후였는지, 그전이었는지는 정확히 기억되지 않지만 어쨌든 녀석은 올해 초 함세웅 신부로부터 세례를 받고 마침내 그리스도인이 되었다는 말을 전해들었다.

나는 어찌나 고마운지, 내 편지 하나만을 믿고 의심하지 않고 그대로 그리스도인이 되어준 녀석이 얼마나 고마웠던지 어디서부터 오고 어디로 가는지 모르는 인생길에서 잠시나마 길동무가 되었던 친구의 선물을 그대로 받아들이게 해주고, 그리고 녀석의 마음을 열어 마침내 빛의 갑옷을 입혀주신 하느님이 얼마나 고마운 분인가를 깨닫고 그것이 고맙고 고마워서 그리고 울었다.

누이동생으로부터 다시 전화가 왔다. 녀석이 내가 보낸

편지를 읽고 맑은 정신이 들 때면 이렇게 고백하였다는 것이다.

"인호는 좋은 놈이야."

솔직히 말해서 나는 좋은 놈이 못 된다. 그러나 녀석이 좋은 놈이라고 말했으니 나는 틀림없이 좋은 놈(?)이다.

"편지를 더 보내주세요."

누이동생이 다시 전화해왔을 때 나는 즉시 세 번째 편지를 썼다. 역시 기도를 하고 아우구스티누스처럼 성경책을 펼쳐서 첫 번째 나온 구절을 인용하고 이렇게 썼던 것으로 기억된다.

"야, 이놈아. 나는 지금껏 원고료가 안 나오는 글을 써본 적이 없다. 그러나 네 녀석한테만은 세 번째 편지를 쓴다. 그러니 병에서 일어나게 되면 엄청난 원고료를 나에게 지불하여다오."

이 편지를 받고 녀석은 이렇게 말하였다고 한다.

"아무렴. 원고료를 줘야지, 집을 팔아서라도."

지난 3월.

딸아이가 살고 있는 상하이에 아내와 함께 들러 서점에서 책을 사고 있는데 전화가 왔다.

"오빠가 돌아가셨어요."

녀석의 누이동생으로부터였다. 올 것이 왔구나 하는 느

낌이 들었지만 나는 슬픔보다는 녀석이 마침내 그리스도 품 안에서 편히 쉴 수 있게 되었다는 안도감으로 마음이 놓이고 편안해졌다.

성 아우구스티누스는『고백록』에서 말하였다.

“주여, 참된 우정이란 것은 당신에게 매달리는 사람들 가운데서 당신이 우정의 고리로 이어주는 그때 비로소 존재하는 것입니다.”

수억아, 내 친구 이수억아.

너는 참된 내 친구다. 왜냐하면 성 아우구스티누스 말처럼 하느님께서 우리를 우정의 고리로 이어주셨으니, 이 우정의 고리는 감히 그 누구도 끊지 못할 것이다.

“오늘은 그대, 내일은 내 차례.”

트라피스트 수도원의 수도자들 좌우명처럼 오늘은 네가 먼저 내 곁을 떠났지만 내일은 내 차례가 되어 이 세상을 떠나게 될 것이다. 네가 먼저 천상에서 나를 위해 기도를 해다우. 내가 쓴 편지 세 통의 원고료를 지상에서 갚지 못하였으므로 그 값을 천상의 양식으로 갚아다우.

잘 가라. 내 친구, 깜씨야. 게리 쿠퍼야.

친구의 죽음이 이토록 큰 여운으로
마음에 남게 될 줄은 미처 몰랐다.

친구와의 기억들이 떠오를 때마다
나는 그에게서 일생을 통해 받았던
큰 우정에 대해 때늦은 후회를 하고,

그리고 가슴이 저리고 아프다.

친절의 목적

오래전 일이다. 하루 종일 집안 청소를 끝내고 나더니 파김치가 된 아내는 손을 씻으며 혼잣말로 중얼거렸다.

"강운구, 수고했소. 이젠 집으로 돌아가도 좋소."

참으로 뜻밖의 소리였다. 그러나 내겐 낯익은 말이었다. 그런데 대체 어디서 들은 것인지 기억이 나지 않았다. 그래서 내가 물었다.

"어디서 많이 듣던 소린데."

아내가 껄껄거리며 웃었다.

"초등학교 때 국어교과서에 나온 문장이에요."

순간 나는 까마득히 어린 시절 초등학교 때 읽었던 국어교과서의 문장이 떠올랐다. 무슨 내용이었던가는 정확히 기억되지 않는다. 아마도 5, 6학년 때 국어교과서 같은데, 학교 청소를 다 끝낸 후 선생님이 강운구란 학생에게 했던 말이었던 것이다. 누구든 초등학교 때 힘들게 학교 청소를 끝낸 후 선생님의 검열을 받고 '이제 그만 집으로 돌아가도 좋다'는 말을 들었을 때엔 갑자기 신이 나고 기분이 좋아졌던 기억이 있을 것이다. 아내는 왠지 힘든 일을 끝내고 나면 그 문장이 떠오른다는 것이었다.

"강운구, 수고했소. 이젠 집으로 돌아가도 좋소."

아내는 모든 일을 학교 숙제하듯 하곤 한다. 마치 선생님으로부터 변소 청소나 교실 청소를 명령 받고 이를 해야 한다는 강박관념처럼 매사를 숙제하듯이 꼼꼼히 해치우곤 한다. 그런 말을 들은 이후부터 나는 아내가 힘든 일을 끝내면 국어책 읽듯이 이렇게 낭독하곤 한다.

"황정숙, 수고했소. 이제 그만 집으로 돌아가도 좋소."

따지고 보면 우리들 나날의 삶은 하느님이 우리에게 주는 숙제인 것 같다. 매순간 그 숙제에 충실하게 살면서 언젠가는 선생님 앞에서 검열을 받듯이 우리들이 살아온 인생의 숙제를 검열받게 될 것이다. 그러면 신은 우리에게 이렇게 말할 것이다.

"최인호, 수고했소. 이젠 천국(?)에 들어가도 좋소."

나는 지금까지 아내처럼 숙제에 철저한 사람을 본 적이

없다. 강박관념까지 있어서 그런지 몰라도 아내는 매사에 최선을 다한다. 장 보는 것도 결사적이고, 택시를 잡는 것도 결사적이다. 반찬을 만드는 것도 결사적이고, 화장을 하는 것도 결사적이다. 매사를 숙제로 생각하고 있으니 한 가지 일을 끝낼 때마다 "강운구, 수고했소. 이젠 집으로 돌아가도 좋소"란 초등학교 때의 교과서 문장을 떠올리는 것은 당연한 일일 것이다.

지난달 나는 아내와 일본을 다녀왔다. 역사소설에 나오는 현장을 답사하기 위해서 떠난 여행이었는데, 겸사해서 아내와 함께 갔었다. 여행을 떠날 때 아내는 같은 아파트에 사는 친구로부터 불경을 일본어로 번역한 책을 구해달라는 부탁을 받았던 모양이었다. 나는 꽤 외국에 나가는 편이지만 가능하면 그런 부탁을 받지 않으려 한다. 그런 부탁이 얼마나 스트레스 받는 일인지 잘 알고 있기 때문에 그런 부탁도 받지 않고, 또 남들에게도 그런 부탁을 하지 않으려 한다. 그런데 아내는 비행기 탈 때부터 사야 할 책을 메모한 종이를 들고 안절부절못하고 있었다.

그런데 우연히 오사카의 호텔 방 안에서 나는 아내가 찾는 그 책을 발견할 수 있었다. 우리나라의 호텔에도 선교용으로 성경책이 있듯이 일본의 호텔에도 불경을 일본어로 번역한 책이 책장 속에 들어 있었던 것이었다. 횡재한 기분으로 내가 그 책을 보여줬더니 아내는 눈이 둥그레졌다.

"바로 이 책이잖아. 가져가."

일부러 책방에 들러 책을 사는 수고를 하지 않아도 되고 게다가 공짜로 얻을 수 있어 나는 신이 나서 소리쳤다. 그러자 아내는 말하였다.

"호텔방의 비품을 슬쩍 가져가도 돼요?"

"괜찮아."

나는 머리를 끄덕였다.

"이 책들은 선교용이기 때문에 누구나 가져가도 도둑질하는 게 아니니깐 괜찮아."

그래도 아내는 뭔가 못마땅한 듯하였다.

책을 현미경으로 관찰하듯이 꼼꼼히 뒤져보더니 책의 내용은 똑같은데, 친구가 써준 발행년도가 다르다는 것이었다. 친구가 부탁한 책은 2004년도 최신판 책인데, 이 책은 8년 전에 발간된 책이라는 것이었다.

"이봐, 불경은 2천 5백 년 전에 태어난 부처의 말이라고. 그러니 최신판이라 하더라도 8년 전의 책과 다를 것이 없단 말이야."

나는 억지로 그 책을 아내의 가방 속에 집어넣었다.

그러나 아내의 숙제는 여기에서 끝이 나지 않았다. 이틀 뒤 도쿄의 호텔에서도 같은 책이 있어 확인해보았더니 이번에는 5년 전에 발간된 책이었다.

"여기도 있네."

나는 신이 나서 그 책을 아내에게 주었으나 아내는 여전히 친구가 메모해준 2004년도 최신판이 아니라고 찜찜해하고 있었다. 나는 아내를 안심시키기 위해서 8년 전에 나온 책과 5년 전에 나온 책을 비교하여 판형은 물론 내용의 토씨까지 틀리지 않는 것을 일일이 확인하여주었다. 아내는 이 책도 가방 속에 넣었다. 이제는 안심이다 싶어 아내에게 이렇게 말하며 웃었다.

"황정숙, 수고했소. 이젠 책 걱정 마시고 집으로 돌아가도 좋소."

도쿄에서의 마지막 날이었다. 긴자의 거리를 아오키 군과 걷고 있는데, 아내가 잠깐 어디 들렀다 올 때가 있으니 시간을 좀 달라는 것이었다. 한 시간 뒤 백화점 2층에 있는 카페에서 만나기로 하고 헤어졌는데, 시간이 남아서 나는 아오키 군과 근처에 있는 책방에 들러 신간들을 살펴보기로 하였다. 일본에 가면 주로 역사에 관한 학술서적을 사는 것이 내 취미로 한 시간가량 책을 구경하고 몇 권의 책을 사고 나오려는 순간 나는 아내가 진열대 앞에서 점원과 무슨 얘기를 나누고 있는 것을 발견했다. 그러다가 나를 보더니 갑자기 방귀를 뀌다 들킨 사람처럼 크게 놀라며 후

다닥 도망쳐 서점을 나가버리는 것이었다.

그날 밤 내가 서점에 왜 갔었냐고 물었더니 아내가 대답하였다.

"친구가 말하였던 2004년도 판 책이 있는가 해서 찾아갔었어요."

"그랬더니?"

"없다는 거야. 비매품이래요."

"그런데 왜 나를 보고 도망쳐버렸어?"

"뭐라고 그럴까봐."

나는 그러한 아내의 모습을 마음 깊이 존경하고 있다. 아내는 이미 두 권의 책을 확보하였으므로 자신의 숙제를 충분히 끝냈다. 그것도 공짜로. 그러나 친구가 원하는 책을 기어이 찾기 위해서, 신경질을 내는 나를 안심시키려고 한 시간만 시간을 내달라고 하고는 살며시 숨어들어온 책방에서 나를 만나자 화들짝 놀라서 도망쳐버린 것이다.

달라이 라마에게 어떤 사람이 물었다.

"종교는 한마디로 무엇입니까?"

그러자 달라이 라마는 대답하였다.

"종교는 한마디로 친절입니다."

달라이 라마의 말이 진리라면 아내는 친절한 사람이고 따라서 독실한 신앙인이라고 할 수 있다.

아우구스티누스는 친절에 대해 이렇게 말한다.

"남에게 친절한 일을 해주고 은근히 채권자 같은 마음으로 그 보답을 기다리는 것은 무엇보다도 내 마음의 평화를 위하여 좋지 않다. 또 그러한 친절은 상품과 같은 것이 되어버린다. 친절은 어디까지나 순수해야 한다. 그 속에는 아무런 목적도 들어 있어서는 안 된다. 친절 그 자체가 목적이어야 한다."

어쨌거나 아내의 친구는 뜻하지 않게 두 권의 책을 선물 받았다. 자초지종을 전해들은 아내의 친구는 이렇게 말하였다고 한다.

"황정숙 어린이, 숙제 정말 잘 끝냈어요."

여기에 덧붙여 나는 한마디 더 하고자 한다.

"강운구, 수고했소. 이제 그만 집으로 돌아가도 좋소."

서정주는 「광화문」이라는 시에서 노래하고 있다.

북악과 삼각이 형과 그 누이처럼 서 있는 것을 보고 가다가
형의 어깨 뒤에 얼굴을 들고 있는 누이처럼 서 있는 것을 보고 가다가
어느새인지 광화문 앞에 다다랐다.

광화문은
차라리 한 채의 소슬한 종교.

벚꽃이 흐드러지게 핀 부활절을 앞둔 어느 봄날 오후,

나 역시 북악과 삼각이 형과 누이처럼 서 있는 것을 보고 가다가 어느덧 광화문에 다다랐다. 그리고 나는 그곳에서 한 채의 소슬한 종교를 만났다.

내가 만난 종교의 이름은 교황 요한 바오로 2세. 바로 선종 1주기를 추모하기 위해서 서울갤러리 1층에 전시되고 있는 생전의 모습을 담은 사진전에서였다.

교황 바오로 2세는 20세기 초 하느님으로부터 점지받은 선택된 인간.

1917년 5월 13일 포르투갈의 작은 마을 파티마에서 양치는 소녀 루치아(당시 열 살)와 사촌동생 히야친타(일곱 살), 프란치스코(아홉 살) 앞에 갑자기 '태양보다 빛나는 여인'이 나타난다. 어리둥절해하는 이 아이들에게 그 여인은 자신을 "로사리오의 여왕"이라고 말하고 "인류의 평화를 위해 매일 묵주기도를 바칠 것과 죄인들의 회개를 위해 희생을 바치라"고 말한다.

성모의 발현을 함부로 말하지 말라는 약속을 깨뜨린 히야친타와 프란치스코는 예견되었던 대로 곧 악성 폐렴으로 세상을 떠나고, 단 한 사람의 생존자 루치아는 포르투갈 코임브라 종신수녀원에 들어가 아흔일곱 살의 나이로 선종한다.

성모가 루치아에게 내린 세 가지의 '파티마 메시지the

message of Fatima'는 1941년 1월 교황청의 명령에 따라 루치아에 의해 문자로 씌어져 1957년 교황청 기밀문서고로 옮겨졌다.

제1의 비밀은 인류 역사상 가장 참혹한 전쟁이었던 제1차, 제2차 세계대전의 발발을 예언한 것이며, 제2의 비밀은 러시아는 회개하게 되고, '세상에 평화의 시대가 올 것이다'란 공산주의의 몰락을 예언한 것이었다. 그러나 제3의 비밀은 지금까지 밝혀지지 않아 많은 사람들에게 인류의 종말을 의미하는 것이라는 추측을 불러일으켜 세기말적 불안을 주었으나 1981년 5월 성베드로 광장에서 요한 바오로 2세가 회교도였던 터키인 알리 아그자로부터 네 발의 총을 맞고도 기적적으로 살아난 뒤에 비로소 공개되었다. 제3의 비밀은 '십자가와 순교자들에게 다가가는 흰 옷차림의 교황이 총격을 받고 쓰러지는 모습'이었던 것이다.

이처럼 보이지 않는 손, 하느님에 의해서 20세기 초에 점지되었던 선택된 인간 카롤 보이티야.

폴란드 비도비체 출신의 가난한 직업군인의 아들로 태어나 나치 점령하에서는 노동자로, 채석장의 인부로, 가난한 생활을 하면서도 시와 연극에 남다른 재능을 보였던 유쾌한 청년 보이티야는 마침내 사제가 되기로 결심하고 1946년 서품된 후 1958년 서른여덟 살의 젊은 나이로 주교가 된다.

1978년 10월 비이탈리아 출신으로는 450여 년 만에 제 264대 교황에 오른 요한 바오로 2세는 파티마 성모의 발현 기념일인 5월 13일 바로 그날 불과 3미터의 거리에서 저격을 당해 성모의 예언대로 쓰러진 후 의식을 잃은 지 3일 만에 기적적으로 회복하는 것이다.

그러고 나서 자신을 저격한 아그자가 복역 중인 교도소를 찾아가 "그대를 원망하지 않습니다. 제게 한 행동을 모두 용서합니다. 우리는 하느님의 품 안에서 한 형제니까요" 하며 손을 잡고 얼굴을 마주대고 기도를 올린다. 그리고 마침내 자신의 복부를 관통한 총알을 파티마의 성모께 봉헌함으로써 자신을 평화의 제물로 삼는다.

이후 '행동하는 순례자'라는 별명답게 40개국에 가까운 나라를 돌아다니며 평화의 사도가 되었으며, 실제로 그의 조국 폴란드는 공산치하에서 벗어나 자유를 쟁취함으로써 냉전시대를 종식시킨다. 고르바초프는 요한 바오로 2세를 만난 후 고백한다.

"나는 오늘 위대한 인격자를 만났다."

20세기 초 파티마의 성모로부터 점지된 요한 바오로 2세. 위대한 인격자 보이티야는 지상의 권력자들처럼 총과 전쟁이 아닌 십자가로 전 세계를 변화시킴으로써 러시아의 회개를 이끌어낸 제2의 예수그리스도였던 것이었다.

1984년 5월 2일. 마침내 한국에 온 요한 바오로 2세는 비행기에서 내리자마자 엎드려 땅에 입을 맞추면서 '순교자의 땅, 순교자의 땅'이라고 말하였다. 그러고 나서 유창한 한국어로 말하였다.

"'벗이 있어 먼 데서 찾아오는 이 또한 기쁨이 아닌가'라는 말을 우리는 공자의 말씀에서 듣습니다. 이 말씀을 받아 '벗이 있어 먼 데로 찾아가면 그 또한 기쁨이 아닌가'라고 말하고 싶습니다."

그가 두 차례 한국 땅을 밟았을 때에는 공식적으로 103인의 성인 시성식을 집전하기 위한 것과 성체대회를 개최하기 위한 것이었지만 그 무렵 광주에서는 신군부 독재에 항거하는 동족상잔의 처절한 비극이 일어난 직후였다.

순교자의 땅에 엎드려 입 맞추는 장면과 광주의 무덤을 참배하는 장면은 지상의 권력자들에게는 사도 바오로가 말하였던 것처럼 '비위에 거슬리고 어리석게 보이는 일'인지는 모르지만 바로 그 행동은 수백 명의 순교자를 낸 거룩한 땅 대한민국에 피의 십자가를 선포함으로써 민족의 상처를 씻어내는 장엄미사였으니, 먼 데서 찾아왔던 우리 민족의 친근한 벗 카롤 보이티야여.

그대가 남긴 "나는 행복합니다. 여러분도 행복하십시오"

라는 마지막 유언처럼 세상 끝날 때까지 우리와 함께하여 우리 민족을 분단의 비극에서 벗어나 통일의 기쁨을 누릴 수 있도록 천상에서 기도하여주소서.

전시회를 보고 나온 나는 광화문을 바라보며 봄볕 속에서 울었다. 허락된다면 요한 바오로 2세처럼 무릎을 꿇고 순교자의 땅 내 조국의 대지 위에 입을 맞추고 싶었다.

전당포 노인을 살해한 라스콜리니코프에게 창녀 소냐는 이렇게 외친다.

"네거리로 나가서 사람들에게 소리쳐 죄를 고백하고 엎드려 땅에 입을 맞춰. 그러면 용서받을 수 있을 거야."

발각되지 않은 죄인인 나는 전당포 노인을 살해한 라스콜리니코프보다 더 무거운 죄인. 광화문에 엎드려 땅 위에 입을 맞추며 통곡하노니, "저는 전부 당신의 것입니다(totus tuus: 사흘간의 혼수상태에서 처음으로 의식을 회복하였을 때 요한 바오로가 한 말)".

테레사는 1515년 스페인 아빌라에서 태어나 1582년 서거한 가톨릭사상 가장 유명한 성녀 가운데 한 사람이다. 흔히 대大 테레사로 불리는 그녀는 스물한 살의 나이로 수도원에 입회함으로써 수도자가 되었다. 그녀가 수도원에 들어갈 때에는 수도원이라기보다는 귀족들의 사교장이었으며, 아직 시집 못 간 처녀들이 알맞은 짝을 찾을 때까지 기다리던 일종의 대기소와 같은 곳이었다. 그녀는 이러한 수도원을 초기의 사막 수도자들처럼 엄격하고 가난하며 고독한 수녀원으로 개혁할 것을 결심하여 '봉쇄' '고독' '잠심'을 3대 목표로 내세우고 이를 과감하게 실천해나갔다.

그녀는 자신이 개혁하는 수녀원의 이름을 '맨발의 수도

원'이라고 불렀다. 그녀는 수도자의 발에서 신발마저 벗김으로써 청빈정신을 실천해나가기 시작하였는데, 그러자 많은 귀족들로부터 존경을 받고 있던 성직자들은 도대체 이처럼 어리석기 짝이 없는 수도원 개혁이 무슨 소용이 있냐고 그녀를 질타하였다.

이 혼란한 시대에 수도원이 스스로 외부와의 문을 단절하고 수도자들이 평생을 수도원에 갇혀 기도만 하는 관상생활이 사회에 어떤 이익을 줄 수 있는가, 하는 것이 기득권을 누리고 있었던 모든 성직자들의 질문이었다. 이에 테레사는 대답한다.

"전쟁터에서는 적과 싸우는 병사들만이 필요한 것은 아닙니다. 전쟁터에서는 비록 칼과 총을 들고 있지는 않지만 깃발을 들고 희망과 승리를 약속하며 모든 병사들을 앞으로 나아가게 하는 상징적인 기수들도 있습니다. 이 기수들은 오히려 병사들보다 더 부상을 입거나 상처를 입어도 쓰러질 수가 없습니다. 왜냐하면 자신이 쓰러지면 깃발도 함께 쓰러지기 때문입니다. 또한 기수는 적(악의 세력)으로부터 표적이 되기 쉽습니다. 적들은 기수를 쓰러뜨림으로써 그를 따르는 병사들의 사기를 떨어뜨리기 위해서 집중적으로 기수를 공격하게 마련입니다. 우리들 수도자들은 기수와 같은 존재입니다.

2006년 2월 22일 낮 12시.

교황 베네딕도 16세는 새로 탄생되는 열다섯 명의 추기경 명단을 발표하면서 그 가운데 한국의 정진석 대주교를 포함시켰다. 이로써 1969년 김수환 추기경이 임명된 이후 37년 만에 우리나라는 두 명의 추기경을 보유한 세계적으로 천주교의 위상을 드높인 나라가 되었다.

생각해보면 450만의 천주교인을 가진 종교국가이자 세계 종교사상 유례없이 수많은 순교자를 낳은 성지, 대한민국에 이제야 두 명의 추기경이 탄생되었다는 것은 만세지탄의 느낌이 있지만 어쨌든 '하느님께서 우리나라를 축복해주셔서 또 한 사람의 추기경을 이끌어주셨다'고 첫인사를 한 정진석 추기경의 말처럼 하느님은 우리나라에 은총의 강복康福을 내린 것이라 할 수 있을 것이다.

그러나 과연 그러한가.

또 한 명의 추기경 탄생은 국가적 경사인 일로 영광의 훈장이자 승리의 갑옷일 것인가. 아니다. 정진석 추기경의 탄생은 성 테레사의 말처럼 적으로부터 반대 받는 표적이 됨으로써 집중 포화를 받아도 결코 쓰러질 수 없는 또 한 명의 깃발 없는 기수의 탄생을 의미하는 것이다.

악의 논리와 궤변의 사술이 노골적으로 횡행하는 이 세기말적 시대에 또 한 명의 붉은 수단의 정진석 추기경이 탄생하였으니, 그는 그 붉은 핏빛의 추기경 옷이 암시하듯 십자가의 깃발을 들고 못에 박혀 죽기 위해서 맨발로 골고다의 언덕을 향해 걸어가는 또 하나의 죄 없는 죄수의 탄생을 의미하는 것이다.

그러므로 전능하신 하느님.

이 가엾은 맨발의 죄인, 정진석 추기경을 불쌍히 여기소서.

깃발 없는 기수, 정진석 추기경이 온갖 부상과 상처에도 쓰러지지 않을 불굴의 용기를 주소서. 그리하여 '이제 다 이루었다' 하고 고개를 떨구며 숨을 거두신 사람의 아들처럼 정진석 추기경도 기수의 역할을 다 이룰 수 있도록 그에게 자비를 베푸소서.

모든 껍데기는 가라

1945년 9월 2일.

미 전함 미주리 선상에서는 20분이 채 안 걸린 제2차세계대전 항복문서 교환식이 진행되고 있었다. 두터운 구름이 걷히면서 밝은 햇살이 드러나기 시작하였다.

일본의 무조건 항복을 받아들이는 문서에 서명을 막 끝낸 맥아더는 '이제 우리는 전쟁을 끝내야 한다. 승전국이나 패전국 모두에게 그러한 전쟁의 종결만이 고귀한 인간의 존엄성을 회복하는 길이다'라는 자신의 의견을 피력하고 연설하기 시작하였다.

"이것은 나의 신성한 소망입니다. 사실 전 인류의 소망이기도 합니다. 오늘의 이 엄숙한 기회로 인하여 더 나은 세계가 과거의 피와 살육을 딛고 이루어지기를 바랍니다. 그것은 믿음과 이해의 기초 위에 세워지는 세계이며, 인간의 존엄성과 인간이 가장 소중히 여기는 자유와 인내와 정의에 대한 소망이 완성되기 위해 헌신하는 세계입니다. 우리 모두 함께 평화가 이 세상에 다시 찾아오고 하느님이 언제까지나 평화를 보호해주시기를 기도합시다."

그러나 과연 그러한가.

맥아더의 연설처럼 제2차세계대전이 끝남으로써 과연 피와 살육을 딛고 더 나은 세계가 찾아왔는가. 자유에 대한 소망이 완성되고 하느님의 평화가 찾아왔는가.

아니다. 아니었다. 그것은 또 다른 비극의 시작이었다.

1945년 2월, 세계대전 중에 얄타에서 모였던 미국의 루즈벨트와 영국의 처칠, 소련의 스탈린은 나치독일의 최종 패배 후 독일을 이들 세 강대국이 분할 점령한다는 원칙을 결정하였다. 일본의 무조건 항복으로 세계대전이 완전 종식되었으나 일본은 독일처럼 서독과 동독으로 분할 점령되지 않고 그대신 식민지 조선이 남과 북으로 신탁통치되어 분할되었다. 당연히 북일본과 남일본으로 분할 점령되었어야 할 일본은, 조선반도를 희생양으로 기사회생하는 것이다.

그뿐인가.

그로 인해 조선은 공산주의와 민주주의 이데올로기를 시험하는 쇼윈도로 전락해버렸다.

얄타회담 중 교황 비오 12세의 견해를 묻는 중요한 문제가 대두하자 "교황은 몇 개의 사단을 거느리고 있습니까" 하고 대답한 전쟁의 광신자 스탈린은 북한에 소련군을 주둔시킴으로써 북한을 공산주의의 견본시장으로 장식하고, 미국은 군정을 실시함으로써 남한을 민주주의의 슈퍼마켓으로 치장한다.

그리하여 우리는 우리 민족과는 전혀 상관없는 공산주의와 민주주의, 그 이데올로기에 대리전의 용병으로 차출되어 6·25전쟁이라는 소용돌이에 휩쓸리게 되었으며, 제2차세계대전 때 사용된 폭탄보다 더 강력한 폭탄물을 국지에 불과한 한반도에 집중 투하함으로써 6백만 이상의 살상자와 이재민을 낳는 인류 대참사의 비극적 현장이 되고 말았다.

그러나 이러한 민족적 비극보다 더 잔인하였던 것은 이 전쟁이 형이 동생을 죽이고, 아들이 아버지를 죽인 동족상잔의 더러운 전쟁이라는 점이었다.

이 더러운 전쟁은 민족의 동질성과 단결심을 촉구하는 전쟁의 속성과는 달리 인간의 존엄성과 인륜을 저버린 패덕의 정신적 상처를 한민족에게 안겨줌으로써 마치 우리 자신이 동족을 잡아먹는 식인종에 불과하다는 씻을 수 없는 수치감을 각인시켜주는 참극이었던 것이다.

이 더러운 전쟁은 남은 남대로 북은 북대로 자신의 권력을 유지시키려는 독재의 수단으로 교묘하게 이용되어왔다. 전 국민을 기쁨조의 꼭두각시로 만들어버린 북한에서는 국가 전체를 거대한 수용소로 만들어버렸으며 남에서는 지역적, 계층적 갈등으로 서로를 증오하고 상처를 입히는 이데올로기의 내홍內訌을 겪게 하였던 것이다.

1945년 8월 15일.

일제에서 해방된 후 60년이 넘는 세월이 흘렀음에도 불구하고 우리 민족은 아직도 수직적인 사상 갈등과 수평적인 내분으로 안팎이 갈가리 찢긴 영혼의 불구가 되어버렸다.

아아, 광복은 왔으나 해방은 아직 오지 않았으며, 전쟁은 끝났으나 평화 역시 오지 않았다. 구속에서 풀려났으나 자유는 아직 오지 않았으며, 식민에서 벗어났으나 독립은 아직 이루어지지 않았다.

이 지구상에 단 하나 남은 분단국가 한반도. 이 분단이 극복되고 한민족에게 진정한 해방과 통일이 오는 평화야말로 인류가 가진 숙제이자 화두이니, 시인 신동엽은 「껍데기는 가라」에서 노래하였다.

껍데기는 가라.
사월도 알맹이만 남고
껍데기는 가라.

껍데기는 가라.
동학년東學年 곰나루의, 그 아우성만 살고
껍데기는 가라.

그리하여, 다시
껍데기는 가라.
이곳에선, 두 가슴과 그곳까지 내논
아사달 아사녀가
중립의 초례청 앞에 서서
부끄럼 빛내며
맞절할지니

껍데기는 가라.
한라에서 백두까지
향기로운 흙가슴만 남고
그, 모오든 쇠붙이는 가라.

신동엽의 시는 아직도 미망에 잠들어 있는 우리의 뇌리를 강타한다. 지금 우리에게 필요한 것은 4월 혁명과 동학의 민족혼을 초혼하고, 한라에서 백두까지 한반도에서 모오든 쇠붙이를 몰아내는 일이다. 아아, 쇠붙이, 우리 민족은 얼마나 쇠붙이의 사슬에서 노예가 되었던가. 총과 칼의 쇠붙이, 권력과 고문의 쇳조각, 쿠데타의 탱크, 권력을 유지하려는 철권, 입에 물리는 재갈, 두 손을 채우는 수갑, 노려보는 증오의 눈빛, 수용소의 철조망, 지뢰밭의 비무장지대, 더 가지려는 욕망의 수전노, 탈북자의 발에 꽂아 꿰는 철사, 권력의 하수인으로 전락한 펜촉, 번득이는 목걸이, 팔찌, 귀고리, 도청의 금속기계, 부끄러움을 모르는 철면피. 아아, 쇠붙이들이 우리 민족을 로봇으로 만들었구나. 기계인간의 터미네이터로 만들었구나. 이러한 껍데기의 모오든 쇠붙이는 가고, 향기로운 흙가슴과 한민족 특유의 부끄러움을 향해 가야 하느니.

자 이제는 가자.

중립의 초례청으로 가자.

석가탑을 만들던 아사달이 그리워 찾아온 아내를 거절하자 "지성으로 빈다면 탑 그림자가 못에 비칠 것이오. 그러면 남편도 함께 볼 수 있을 것이오"라는 스님의 말을 듣고 못을 들여다보며 탑의 그림자가 비치기를 기다리던 아사녀. 기다리다 기다리다 오지 않는 절망 속에 그대로 임의 이름을 부르며 죽었던 아사녀. 그 후부터 석가탑은 그림자가 비치지 않았다는 무영탑無影塔이 되었다던가.

이제 아사달과 아사녀를 초례청에 함께 세워서 새롭게 맞절하도록 혼인잔치를 벌이자.

그리하여 흙을 다시 만져보고 바닷물도 춤을 추는 '신광복절'을 맞이하자.

그림자조차 없어져 무영인간無影人間이었던 우리 민족의 찬란한 그림자를 온 천하 만방에 드리우자. 이제야말로 진정한 제2의 해방을 맞이할 때가 되었으니, 껍데기는 가라.

우리를 짓밟았던 공산주의여, 제국주의여, 체제여, 반체제여, 전라도여, 경상도여, 가라. 이승만이여, 박정희여, 김일성이여, 빨갱이여, 볼셰비키여, 양키즘이여, 38선이여, 핵폭탄이여, 어두운 망령들이여, 이제 그만 가라. 우스꽝스러운 허수아비들이여, 껍데기는 가라. 모오든 쇠붙이의 껍데기는 가고, 제2의 광복이여, 어서 우리에게 오라.

한강은 흐른다

1

미라보 다리 아래 세느강은 흐르고

우리네 사랑도 흘러내린다.

내 마음속에 깊이 아로새겨라.

기쁨은 언제나 고통 뒤에 오는 법.

밤이여 오라. 종아 울려라.

세월은 가고 나는 머문다.

–아폴리네르의 「미라보 다리」 중에서

2

엄마가 날 배고 임신중독증에 걸려 입에 거품을 물고 다

죽을 뻔하셨다는데 바로 그해 여름에 우리가 일본으로부터 해방이 되었으니 나야말로 배냇해방둥이다. 조금만 일찍 태어났더라도 창씨개명하여 내 이름은 하나무라가 될 뻔하였지. 신생 대한민국에서 한글사관학교 1기생으로 태어났으니, 나야말로 대한민국의 나이테로구나. 한강 다리 아래로 한강은 흐르고 우리의 인생도 흘러내린다.

3

여섯 살 무렵에 참혹한 전쟁이 일어났지. 우리하고는 상관없는 민주주의, 우리하고는 상관없는 공산주의. 광기에 젖어서 형이 동생을 죽이고, 오빠가 누이동생의 가슴에 따발총을 쏘아 피를 흘리게 하였구나. 안심하세요, 국민 여러분. 철석같이 믿던 라디오방송 때문에 서울에 머물러 있던 우리는 어느 날 한강 다리가 와르르르 무너지는 폭음을 들었지. 아버지를 찾아 나룻배를 타고 청계산을 향해 가던 옥양목같이 눈부신 잠실벌에는 폭격 맞은 누에들이 새하얗게 죽어 있었지. 아아, 폭파된 한강 다리 아래로 한강은 흘러내리고.

4

서울내기 다마내기 맛좋은 고래고기라고 놀려대던 부

산 아이들과 싸우며 바닷가 피난 국민학교에서 나는 가갸 거겨를 배웠다. 교과서 뒷장에는 "우리는 대한민국의 아들 딸. 죽음으로써 나라를 지키자"는 우리의 맹세가 실려 있었어. 잘 있어요, 잘 가세요. 이별의 기적이 운다. 한 많은 피난살이 설움도 많아 그래도 잊지 못할 판잣집이여. 이북에 할머니와 형제를 모두 두고 와 외롭고 슬퍼 술만 마시던 아버지는 환도 후 어느 날 피를 토하고 돌아가셨다. 초등학교 3학년 때였지. 아버지의 관을 부여잡고 엄마는 유관순 누나처럼 이를 악물고 맹세하였어. 영감 안심하슈. 아이들은 내가 모두 훌륭하게 키우겠소. 엄마는 방을 나누어 하숙을 쳤다. 밥에서 머리카락이 나왔다고 옮기겠다는 학생의 밥상에 엄마는 계란부침을 와이로로 갖다 바치고. 복구된 한강 다리 아래로 한강은 흐르고 이 물결처럼 우리네 사랑도 흘러간다.

5

중학교에 들어가자 4·19가 일어났어. 해마다 생일이면 만수무강을 빌던 우리 대통령 할아버지가 쫓겨났다는 거야. 파고다 공원에 세워졌던 할아버지 동상이 종로 네거리에 질질 끌려 다니고. 그때 난 합창단에서 쫓겨났어. 감기가 걸려 목이 쉬었어요. 곧 나을 거예요. 내가 그랬더니 선생님이 말씀하셨어. 넌 목이 쉰 것이 아니라 어른이 된 거야. 『아리랑』 잡지에 난 도금봉의 사진을 보면 나는 숨이 가쁘곤 했었지. 고등학교에 올라간 어느 날 학교 가는 길에 탱크도 보았어. 그리고 해 없는 날에도 색안경을 낀 까무잡잡한 군인 하나가 웃지 않는 심각한 얼굴로 혁명공약을 방송하는 것을 나는 보았어. 한강 다리 아래로 한강은 흐르고. 영원의 눈길에 한 지친 물살이 저렇듯이 천천히 흘러내린다.

6

하나 남은 건넌방을 전세로 주고 받은 보증금으로 대학교에 들어갔지. 10년 동안 데모 때문에 한 학기를 제대로 마친 적이 없었어. 군대로 간 내 친구는 월남에서 다리를 하나 잃었어. 월남에서 돌아온 새카만 김 상사, 이제사 돌아왔네. 나는 김신조 아저씨 때문에 6개월 연장된 40개월의 공군 졸병 노릇으로 군복무를 마쳤지. 그때 난 클래스메이트였던 황정숙과 심각한 연애에 빠졌어. 만나고 헤어지는 게 환장하게 싫어서 결혼하겠습니다 하고 선언했더니 놀란 엄마의 틀니가 훌랑 빠지더군. 황순원 선생님은 주례사로 이렇게 말했었어. 서로 노력하고 검은 머리가 파뿌리 되도록 열심히 잘 살아라. 목욕탕 2층 집에서 신혼살

림을 시작했지. 그 가스사형실 같은 방에 엎드려서 날마다 글만 썼어. 「타인의 방」을 쓰니깐 김장배추 10포기를 살 수 있었어. 제2한강교 아래로 한강은 흐르고 우리네 사랑도 흘러내린다. 어쩌면 삶이란 이다지도 지루한가. 희망이란 왜 이리도 격렬한가.

7

웃지 않는 아저씨는 절대로 웃지 않으며 유신을 선포했지. 나는 그때 첫딸 다혜를 낳았어. 세브란스병원 복도에서 다혜 얼굴을 보고 난 맹세했지. 내가 너에게 피아노를 가르쳐주지 않는다면 나는 개새끼다. 그 무렵 신문에 『별들의 고향』을 연재하고 있었는데, 어느 날 검열관이 퇴폐소설이라고 반 이상 잘라버렸어. 시인 김지하 때문에 남산 정보부에 끌려갔는데 나올 때는 들어왔었다는 얘기를 절대 발설하지 않는다는 각서까지 쓰고 나왔지. 명동의 네온 불빛이 황홀했어. 나는 울면서 명동 지하도를 건넜었지. 엉엉엉엉 울면서, 통곡하면서. 강물은 흘러갑니다. 제3한강교 밑을. 당신과 나의 꿈을 싣고 사랑을 싣고서 흘러만 갑니다. 그 무렵 시청 앞 네거리에는 이런 광고탑이 세워졌었지. 마침내 1억 달러 수출 달성.

8

권력은 오래 잡으면 종말이 오는 법. 웃지 않는 대통령은 시바스 리갈을 마시며 심수봉의 노래를 듣다가 총에 맞고 돌아갔어. 각하, 정신 차리십시오. 이 버러지 같은 놈, 선배 형님들에게 배운 수법 그대로, 그래서 그것이 죄가 되는지 모르는 신군부 막내 아저씨들이 궁정 쿠데타를 일으켜 권력을 잡았어. 그리고 광주에서는 상상도 할 수 없는 비극이 일어났어. 도대체 어떻게 이런 일이 일어날 수 있단 말인가. 꽃잎처럼 붉은 피를 흘리며 울 밑에 선 봉선화처럼 죽어뻔진 내 누이여. 치사하게 살아 있는 것이 미안하고, 죄송하구나. 창밖에는 잠수교가 보인다. 우리네 사랑은 오지도 않는데 잠수교 아래로 한강은 흘러내린다.

9

난 믿었어. 영삼이 아저씨와 DJ 아저씨를. 그들이 독재자 밑에서 죽음을 각오한 단식과 저항을 통해 민주주의와 자유를 쟁취하고 정권을 평화적으로 이양받았으므로 적어도 그들이 부패하지는 않을 줄 알았어. 적어도 그들이 부자가 하늘나라에 가는 것은 낙타가 바늘구멍을 통과하는 것보다 더 어렵다는 성경을 믿는 사람들이니까 아들들에게 가만히 있으라, 엄격하게 집안 단속할 줄 알았어. 적어도 경상도와 전라도의 벽이 무너질 줄 알았어. 적어도 5년의 권력은 눈 깜짝할 사이에 지나는 한순간의 물거품이란 사실을 깨달을 줄 알았어. 아아, 올림픽대교 아래로 한강은 흘러내린다. 기쁨은 언제나 고통 뒤에 오는 법. 밤이여 오라. 종아 울려라. 세월은 가고 나는 머문다.

10

해방둥이인 나는 올해 환갑이 되었어. 그러나 해방은 왔지만 광복은 이루어지지 않았다. 신생 대한민국은 환갑이 되어 예순 살이 되었으나 아직도 우리 민족은 머리 따로 몸뚱이 따로 잘려진 반병신의 분단국가. 이제라도 늦지 않았으니 가자, 엄마야 누나야 아들아 새로 얻은 며늘아기야. 그리고 사랑하는 손녀 정원아. 다 함께 나오너라. 그리고 달마중 가자. 앵두 따다 실에 꿰어 목에다 걸고, 죽은 오마니 등에 업고, 늙은 아내 손잡고 우리 애기 앞세우고 그토록 아름답던 우리 민족의 예禮, 효孝, 의義, 경敬이 우거졌던 숲으로 가자, '동방예의지국'의 그 찬란했던 유림의 숲으로 가자.

와르르르 무너진 성수대교 아래로 한강은 흐른다. 손에 손을 맞잡고 얼굴을 보면 우리의 팔 아래 다리 밑을 영원의 눈길을 한 지친 물결이 저렇듯이 천천히 흘러내린다.

일어나라, 조선의 민족이여. 영원을 향해 종을 울려라. 아침 햇살처럼 밝아오는 조선의 광명천지를 향해 심봉사처럼 휘번쩍 눈을 떠라. 이제야말로 그러할 때가 되었으니, 하느님이 보우하사 대한사람 대한으로 길이 보존하라.

전람회 '피카소의 예술과 사랑'을 보고

나는 평소 피카소에 대한 강렬한 의문 두 가지를 갖고 있었다. 어쨌든 피카소는 20세기가 낳은 예술의 신이며, 19세기 미술에 마침표를 찍은 장본인이자 미美야말로 인간이 창조할 수 있는 최고의 철학이며, 사상이며, 권력임을 보여준 반인반수의 스핑크스인 것이다. 그는 페인팅 1,885점, 조각 1,228점, 판화 18,095점 등 스스로 말하였듯 피카소라는 자필사인을 하는 시간이 아깝다고 할 정도로 5만 점이 넘는 작품을 남긴 '그림의 암살자'. 그런데 이런 열정은 어디에서 나왔던 것일까.

많은 사람들은 평생에 걸쳐 사랑하였던 여인들에게서 창조적인 에너지를 얻었으며, 그 여인들은 대부분 불행한 일생을 마침으로써 피카소를 "여인들의 영혼을 양식 삼아 창조한 뱀파이어"라고까지 극언하고 있다.

첫 번째 여인은 피카소가 스물세 살 되던 해 만난 동갑내기 페르낭드 올리비에였으며, 그녀는 피카소를 봤을 때 "작고 까무잡잡했지만 눈빛이 너무 강렬했어요. 도저히 그에게 저항할 수 없었습니다"라며 동거를 시작하였으며, 두 번째 여인은 서른한 살 되던 해 만난 에바로 4년 만에 지병인 결핵으로 죽은 젊은 시절 피카소의 영혼을 사로잡았던 여인이다. 세 번째 여인은 서른여섯 살의 피카소가 선택한 러시아의 귀족 출신 무용수인 유부녀 올가였는데, 피카소는 그녀와 첫 번째 결혼식을 올린다. 그러나 허영심 많은 올가는 피카소를 귀족적인 사고방식에 빠지게 함으로써 거기에 염증을 느낀 피카소는 마침내 마흔여섯 살 때 올가에게서 도망쳐 열일곱 살의 소녀 마리 테레즈를 만나 동거를 하는 한편 도라 마르와 동시에 사귐으로써 피카소 스스로 말하였듯 '천진하지만 무식한 테레즈'와 지적이며 신비한 '도라 마르' 사이를 오가며 두 여인의 쟁탈전을 오히려 느긋하게 즐기는 변태적 행위를 연출하기도 했던 것이다.

그러나 제2차세계대전 중 파리가 독일에 함락되던 1941년 예순두 살의 나이 때 나타난 여섯 번째 여인은 프랑수아즈 질로. 그녀는 이제까지의 여인들과는 달리 부유한 집안의 지적인 여성으로, 스물한 살의 그녀는 피카소에 대한 소감을 다음과 같이 고백하고 있다.

"저는 아버지나 남자친구와는 대화가 되지 않는데 이상하게도 세 곱절 연상인 피카소와는 말이 잘 통하는 것이 믿어지지 않아요."

그러나 프랑수아즈는 피카소가 즈느비에브와 따로 연인관계를 맺자 미련 없이 피카소를 떠난다. "피카소는 태양이었다. 그에게 접근하는 모든 사람들은 자기 자신도 남겨놓지 않고 한 줌의 재로 남겨놓았다"라고 고백한 즈느비에브의 말처럼 프랑수아즈는 피카소의 태양에 타버리지 않은 유일한 여인이었다. 그러나 1961년 여든 살의 피카소는 마침내 마흔 살의 나이 차이가 나는 자클린과 두 번째 결혼을 올림으로써 드라큘라의 행각을 끝내는데, 피카소에 대한 내 첫 번째 의문은 바로 이러한 여인들의 편력 때문인 것이다.

물론 초현실주의자 앙드레 브르통이 말하였던 것처럼 "모든 예술가는 효과적으로 순수한 것을 창조하기 위해서는 전적으로 여성의 힘에 의존하지 않으면 안 된다". 그러나 또한 여성의 힘은 남성을 끊임없이 소유하고 성의 미끼를 통해 아기를 낳으려는 모성본능으로 남성을 허물어뜨리는 그 원동력이기도 한 것이다. 그렇다면 피카소는 어떻게 이렇게 많은 여인의 늪에 빠져 익사하였으면서도 그처럼 불가사의한 열정을 지닐 수 있었던 것일까.

피카소에 대한 나의 두 번째 의문은 지극히 평범한 것이었다. 물론 피카소는 젊은 시절 '세탁선'이란 빈민굴에서 하층민들과 어울려 사는 극빈자 생활을 경험하였다. 첫 번째 여인인 페르낭드와 동거할 무렵이었는데, 너무나 가난해서 외출할 때 신을 신발마저 없어 두 사람은 며칠을 침대 속에서만 살아야 했을 정도였다. 그러나 이러한 가난은 올가와 결혼할 당시에는 사라지고 부와 명성을 얻게 됨으로써 유모와 요리사, 하녀, 운전사를 쓰는 사치스런 호화생활을 즐기게 되었던 것이다. 제2차세계대전 후 무렵부터는 세계적인 거부가 됨으로써 절대의 권력까지 가진 황금의 마이더스가 될 수 있었다. 무릇 창조의 원동력은 가난에 있고, 굶주림 속에서만 예술정신은 살아 움직인다는 정설을 피카소는 여지없이 무너뜨리고 있는 것이다. 어째서 이 위대한 모순이 피카소에게만은 가능한 것일까. 인류 최초의 남자인 아담은 이브의 유혹에 넘어갔지만 피카소는 어떻게 일곱 명의 이브의 유혹에도 선악과를 따먹지 않았으며, 무엇이든 닿으면 황금이 되는 마이더스의 손을 갖고 있으면서도 죽을 때까지 생명의 물을 따로 간직할 수 있었던 것일까.

호암 미술관에서 열리는 '피카소의 예술과 사랑'이라는 전람회장을 찾을 때 나는 피카소에 대한 이 두 가지 개인적인 수수께끼가 풀리기를 개인적으로 간절히 소망하고 있었으며, 따라서 나는 관람자가 아닌 수사관으로 참석한 느낌이었다.

물론 이번 전시회는 『볼라르 판화집』과 『347판화집』에서 출품한 205점의 판화전으로 피카소의 방대한 작품에 비해서는 극히 일부분이지만 피카소가 마리 테레즈와 동거를 하고 있던 1933년, 전성시대였던 쉰 살 무렵의 작품세계와 죽기 5년 전이었던 여든일곱 살의 노년기 때 완성된 작품들로 이루어져 있었으므로 단편적이긴 하지만 피카소의 편린을 엿볼 수 있었기 때문인 것이다.

이중 내가 가장 흥미를 느낀 것은 '조각가의 작업실'이라는 연작시리즈였다. 이 속에는 자기 자신을 마치 제우스 신처럼 묘사하고 있는 피카소와 마리 테레즈가 항상 벌거벗고 침대 위에 누워 있는데, 놀라운 것은 피카소의 시선이 마리 테레즈의 육체에 머물러 있는 것이 아니라 항상 그가 작업하고 있는 조각을 응시하고 있다는 점이다. 심지어 침대 위에서 포옹을 하고 있을 경우에도 피카소의 시선은 조각을 향하고 있어 "나는 어제보다도 더, 내일보다도 더 그대를 사랑하고 그대를 영원히 사랑할 거야. 사랑해, 사랑해, 마리 테레즈"라고 노래하였던 마리 테레즈보다 자신이 창조하는 조각 작품에 더 많은 애정을 보이고 있는 피카소의 내면세계를 엿보게 하는 것이다.

바로 이것이 피카소가 일곱 명의 여인을 거쳤으면서도 여인에게 함몰당하지 않았던 생명력이 아니었을까. 일곱 명의 여인을 거쳤으면서도 피카소는 그 어떤 여인도 소유하지 않았던 것이다. 피카소가 진심으로 갖고 싶은 여인은 인간이 아니라 미의 신인 비너스 그 자체였던 것이다. 이것이 바로 피카소를 현실의 세계보다 신화의 세계에 몰두하게 하였던 비밀의 열쇠였을 것이다.

그렇다면 피카소가 여든일곱 살의 나이에도 라파엘과 그의 애인 라포르나리아를 모델로 해서 지금까지의 에로스보다 더 강렬하고 자극적인 그림을 폭포수처럼 그릴 수 있었던 그 불가사의한 열정은 또한 어디서 온 것일까. 피카소 연구가였던 훼베 폴 여사가 말하였듯 "언제나 양식을 변화시키지 않으면 마음이 놓이지 않는 실험정신"은 여든일곱 살의 피카소의 손끝에서도 여전히 생동하고 있지 않은가. 한때 올가의 취향에 따라 귀족생활을 즐겼던 피카소가 그 엄청난 재물과 권력 속에서도 창작에 굶주림을 느낄 수 있었던 비밀 역시 전람회에 전시된 '미노타우로스' 연작에서 단서를 찾을 수 있을 것이다.

인간의 신체와 황소의 머리를 가진 미노타우로스는 길을 찾을 수 없는 미궁에 살면서 일곱 명의 처녀를 제물로 요구하는 괴물인데, 실제로 피카소는 이처럼 일곱 명의 여인을 제물로 삼아 스스로의 정체성을 찾아 인간과 신 속에서 방황하고 있는 것이다.

실제로 피카소를 떠나 좌절하게 하였던 프랑수아즈는 그와 헤어진 후 『피카소와의 나날들』이란 책을 썼는데, 피카소의 집요한 방해에도 불구하고 출판된 이 책 속에서 프랑수아즈는 이렇게 말하고 있다.

"피카소는 늘 고민하고 있었다. 자신이 창조하는 예술 작업이 과연 올바른 방향으로 가고 있는가, 또한 자신의 정체성이 과연 무엇이었는가 하는 것에 대해서."

피카소는 인간이 추방당했던 에덴동산으로 되돌아가고자 하였던 시지프였다. 선도 없고, 악도 없으며, 무화과로 성기를 가릴 부끄러움도 없는 태초 세계로 되돌아가고자 한 것이다.

피카소는 이렇게 자기 작품을 옹호하고 있다.

"나는 미리 세워놓은 미학의 기준에서 선택하지 않는다. 하느님도 사실은 또 하나의 예술가일 뿐이다. 그는 기린과 코끼리와 고양이를 발명하셨다. 그분은 어떤 스타일도 갖고 있지 않는다. 그는 여러 가지로 시도하였다."

감히 하느님에게 도전하였던 피카소. 전람회장을 나오는 내 눈에 피카소의 다음과 같은 글귀가 눈에 띄었다.

마지막에는 오직 사랑만 있을 뿐In the end, there is only love.

그러나, 나는 머리를 갸우뚱거렸다.

피카소는 그 누구도 사랑하지 않았다. 그가 평생을 통해 사랑해왔던 것은 오직 자기 자신이었을 뿐.

난사람과 된사람

오늘날 우리나라의 교육이 안고 있는 가장 큰 문제는 어떻게 하면 서울대학교에 많은 학생을 입학시키느냐에 매달려 있는 것입니다. 때문에 서울대학교를 비롯하여 연세대학교나 고려대학교와 같은 일류대학에 학생들을 얼마나 입학시키느냐가 명문 고등학교가 되느냐 마느냐의 열쇠가 되는 것입니다. 마찬가지로 부모들 역시 자기 자식들을 서울대학교에 입학시키기 위해서 초등학교 때부터 시험성적만이 무한경쟁의 바로미터가 됨으로써 마침내 망국병이라는 고액과외 열풍에 휩싸이게 되었던 것입니다.

따라서 우리의 교육은 100명의 아이들이 있는 교실에서 100명의 아이들을 위한 인성교육이 아니라 그중에서도 1

등을 하는 오직 한 아이를 위한 특수교육의 경우가 대부분인 것입니다. 말하자면 한 명의 1등을 위해 나머지 99명은 들러리가 되어버리는 '1등의, 1등에 의한, 1등을 위한' 교육으로 전락해버린 것입니다.

그러나 그 1등은 1등으로만 존재하지만은 않습니다. 그 1등은 또 다른 1등과의 경쟁에서 또 다른 1등의 들러리로 전락하게 됩니다. 마치 교육이라기보다는 살아남기를 연상시키는 서바이벌게임과 같은 것이 오늘날 우리의 교육 현실인 것입니다. 그리하여 1등이 되기 위해서라면 그 어떤 수단과 방법도 가리지 않는 살벌하기 짝이 없는 무한경쟁시대에 접어들게 된 것입니다.

100명이 있는 교실에서건 10,000명이 있는 학교에서건 1등은 오직 단 한 사람에 불과한 것입니다. 한 명에 불과한 1등을 향해 나머지 99.99%의 학생들은 피투성이의 싸움을 벌이거나, 상처를 입거나, 낙오자가 되거나, 불량학생이 되어버리는 것입니다.

이는 우리의 교육이 1등의 '난사람'을 기르는 데 교육의 가치를 두는 데서 비롯된 것입니다.

그러나 만약 우리나라의 교육목적이 '난사람'이 아니라 '된사람'을 기르는 데 그 가치를 둔다면 교육은 마침내 변화할 수 있을 것입니다.

모든 학생들에게는 그 학생만이 갖고 있는 재능과 장점이 있습니다. 어떤 아이는 공부는 못하지만 뜀박질을 잘할 수 있을 것이고, 어떤 아이는 공부는 못해도 참을성이 많고 남을 잘 도와주는 봉사정신을 갖고 있을 수 있습니다. 어떤 아이는 그림을 잘 그리고, 어떤 아이는 유난히 심부름을 잘하는 특성을 갖고 있을 수도 있습니다. 어떤 아이는 특히 청소를 잘하기도 하고, 어떤 아이는 짓궂지만 유머감각이 뛰어날 수도 있습니다. 이렇듯 인간은 그 누구나 자기만의 고유한 성격과 재능을 타고나게 되는 것입니다.

만약 우리가 단 한 명의 1등을 위한 '난사람'을 기르는 데 교육의 목적을 두지 아니하고 100명의 100등 전부를 위해 '된사람'을 기르는 데 그 가치를 두게 된다면 우리의 교육은 혁명적인 개혁으로 변화할 수 있게 될 것입니다.

21세기는 이성의 시대가 아니라 감성의 시대이며 머리가 좋은 사람보다는 가슴이 따뜻한 사람의 시대이며, 무엇보다 창의력과 상상력이 요구되는 문화의 세기라고 말할 수 있을 것입니다.

이러할 때 차가운 지식만을 가진 1등은 오히려 비인간적인 자폐인간이 되거나, '상자 속에 갇힌 인간'으로 전락할 가능성이 높은 것입니다.

이제 교육은 '참다운 인격을 가진 인격자'를 기르는 데 그 목적을 두어야 하며 '건강한 시민정신을 지닌 민주시민'을 기르는 데 그 목적을 두어야 합니다.

오늘날 우리가 사는 사회의 혼란은 공부 잘하고 머리만 좋은 지도층 인사들의 비도덕과 겉과 속이 다른 이중성으로 인해서 벌어지는 거짓과 위선에서 비롯되는 것입니다.

오늘 우리는 한 명의 '난사람'보다 한 명의 '된사람'을 원하고 있습니다. 동양의 고전인 『대학大學』은 이렇게 말하고 있습니다.

"소인은 홀로 있을 때면 선하지 못한 행동을 마구 하다가 군자 앞에서는 슬쩍 그 선하지 못함을 감추고 선만을 보이려 한다. 그러나 군자는 남이 보지 않는 곳에서도 조심을 한다."

그리하여 『대학』에서 증자曾子는 이렇게 말하였습니다.

"비록 홀로 있다 하여도 열 사람의 눈이 바라보고 열 사람의 손가락이 가리키고 있으니 이 얼마나 삼엄한가."

그렇습니다. 이제는 1등을 위한 '난사람'의 소인小人 교육에서 모든 사람을 위한 '된사람', 비록 홀로 있더라도 열 사람의 눈과 열 사람의 손가락이 가리키고 있는 듯한 삼엄함 속에서 스스로에게 엄격한 군자君子를 위한 교육으로 변화할 수 있을 때 비로소 우리의 교육은 참 생명을 얻을 수 있을 것입니다.

사랑의 매인가, 증오의 매인가

오늘날 교육에서 가장 논란이 되고 있는 문제 가운데 하나가 바로 체벌이다. 선생님이 학생을 지도할 때 아이들에게 체벌을 가할 수 있느냐, 아니면 절대로 아이들에게 체벌을 가해서는 안 되느냐 하는 문제가 중요한 이슈인 것이다.

내 경험에 의하면 내가 누구로부터 얻어맞은 폭력을 처음으로 경험했던 장소가 바로 학교다.

부모로부터는 한 번도 얻어맞아본 적이 없던 나는 초등학교 6학년 때 담임선생님으로부터 무자비한 폭력을 경험했었다. 지금 생각해도 그 선생님의 체벌에는 문제가 있었던 것 같다. 아이들이 잘못하면 선생님은 손목시계를 풀고 아이들의 빰을 때렸다. 선생님은 스스로 '사랑의 매'라고 말씀하셨지만 아이들을 때리기 위해서 손목시계를 풀 때면 교실에는 싸늘한 고문실의 냉기가 감돌곤 했었다.

중·고등학교에 들어와서는 심심찮게 폭력을 경험했었는데 주로 상급생으로부터였다. 고등학교 1학년 때에는 대천해수욕장에 놀러 갔다가 린치를 당해서 30분 정도 죽었다가 깨어났었다. 고등학교 2학년 때였던가. 나는 이유도 없이 선생님으로부터 매를 맞은 적이 있었다. 역사선생님이 나를 지적하였으며, 매는 체육선생님으로부터 대신 맞았다. 맞은 후 반성문을 쓰라고 해서 도무지 내가 무엇을 잘못했는지 모르겠다고 쓰자 태도가 불량하다고 나는 맞고 또 맞았다.

그날 학교가 파한 후 역사선생님은 나를 데리고 종로 2가의 빵집까지 가서 핫케이크를 사주셨다. 내 마음을 달래려고 애를 썼는데 그때 선생님이 내게 말씀하셨던 내용은 대충 이런 것이었다.

"나는 너에게 감정 같은 것은 없다. 내가 너에게 매를 든 것은 너의 잘못을 고쳐주기 위한 것이었다. 나는 너를 사랑한다."

그러나 그때 나는 선생님이 내게 거짓말을 하고 있다는 생각을 가졌었다. 선생님은 분명 나를 사랑한 것이 아니라 감정적으로 대한 것이었다. 자신의 허물을 감추려고 선생님이 지금 내게 당근이라는 달콤한 핫케이크를 사용하고 있는 것이다.

나는 지금도 초등학교 6학년 때 선생님으로부터 받은 폭력, 뺨을 때릴 때 손목시계를 풀던 선생님의 싸늘한 미소와 고등학교 2학년 때 내가 먹던 핫케이크 위에 직접 꿀 시럽을 얹어주시던 선생님의 겸연쩍은 미소를 잊지 못한다.

결론적으로 말해서 나는 선생님이 아이들에게 가하는 그 어떤 매에도 찬성하지 않는다. 학부모들이 소위 '사랑의 매'라 하여서 선생님들에게 회초리를 선물하였다는 뉴스를 본 적이 있는데 나는 '종아리'를 때리는 가벼운 체벌이라 할지라도 있어서는 안 된다고 생각하고 있는 체벌 반대주의자이다.

왜냐하면 매는 언제나 사랑과는 관계가 없는 것이라고 생각하고 있기 때문이다. 선생님이 제자들에게 행하는 매는 면밀히 따지고 보면 사랑과는 관계가 없다. 매는 분명한 억압이며 일시적으로는 강압적으로 아이들에게 침묵을 강요할 수는 있겠지만 매는 또 다른 매를 부르며 매는 더 강한 폭력을 초래하는 시발점이 되는 것이다. 아이들은 본능적으로 선생님이 사랑 때문에 매를 휘두른다고 말씀하시지만 실은 그 매가 폭력이며 선생님의 사사로운 감정이 깃든 고문의 도구임을 직감하고 있다.

최근 '스승의 날'을 맞아 서울고등학교에서는 학생 810명에게 '교사에 대한 인식'을 설문조사했다고 한다.

"교사들이 학생들에 대해 어느 정도 관심과 애정을 가지고 있다고 생각하느냐"는 질문에 학생들 77%가 "관심이나 애정이 부족하다"는 부정적인 의견을 내놓았으며 교사들의 지도방법에 대해서도 63%의 학생들이 과거와 마찬가지로 "선생님들이 폭력적이며 강압적"이라는 부정적인 대답을 했었다.

이제 생각하면 내가 만났었던 수많은 선생님들 중에서도 잊혀지지 않는 선생님은 나를 위해서 사랑의 매를 드셨던 선생님이 아니라 나를 인정해주고 내게 끊임없이 사랑의 칭찬을 해주셨던 선생님이었다.

그렇다. 이제 우리 아이들의 교실에서 매는 영원히 사라지기를 나는 바란다. 그 대신 끊임없이 인정해주는 '관심'과 뜻하지 않는 곳에서 아이들의 장점을 발견하고 그것을 선뜻 칭찬해줄 수 있는 사랑의 '칭찬'이 생명의 강물처럼 넘쳐흐르기를 나는 소망하고 있다.

소설가의 마지막 소망

어릴 때부터 내가 꿈꾸었던 장래희망은 오직 소설가뿐이었다. 초등학교에 입학하였을 때부터 나는 작가가 되고 싶다는 꿈을 가지고 있었는데, 그 무렵 지금도 아주 선명하게 기억되는 장면이 있다. 어렸을 때 나는 누구에게 야단을 맞거나 엄마에게 혼나면 엉엉 우는 버릇이 있었다. 한참을 울다보면 갑자기 이대로 죽어버릴까 하는 생각이 떠오르곤 했었다. 주로 물에 빠져 죽는 장면을 떠올리곤 했는데, 그럴 때면 문득 내 죽은 모습을 보고 자신의 가슴을 치고 슬피 우는 엄마의 모습이 자연 연상되어 떠오르고, 그러면 내 슬픔에 엄마의 슬픔까지 더해지고, 내 눈물에 상상의 눈물이 더해져서 제 슬픔에 겨워 한참을 흐느껴

울다가 지쳐 잠이 들곤 했었던 것이다.

나는 누구에게 말을 하지 않았지만 어린 나이에도 이것은 나만이 가지고 있는 독창적인 방법이라고 스스로 자부하고 있었는데, 어느 날 마크 트웨인의 『톰 소여의 모험』이란 소설을 읽다가 깜짝 놀란 적이 있었다.

주인공 톰이 허크와 해적놀이를 하고 하도 속을 썩이니까 어느 날 폴리 아줌마가 톰에게 미시시피 강에 나가서 죽어버리라고 말을 한다. 마침내 집을 나온 톰은 실제로 강물에 빠져 죽을까 하고 생각하다가 순간 자기를 미워하던 폴리 아줌마가 죽은 자신의 시체 앞에서 '아이고 우리 톰은 참 착한 아이였지요' 하고 말하며 우는 모습을 상상하다가 제 슬픔에 겨워서 엉엉 울기 시작하는 것이었다.

이 장면을 읽은 순간 나는 소름이 끼쳤었다. 나 혼자만의 독창적인 방법이라고 생각하고 있던 것을 어떻게 소설 속 주인공 톰이 알고 있을 뿐 아니라 똑같이 따라하고 있단 말인가. 그보다도 톰이라는 소설의 주인공을 만들어낸 마크 트웨인이라는 소설가가 발명해낸 것이 아닌가.

어린 내 가슴속에 들어 있는 독창적인 비밀을 날카롭게 소설 속에 묘사해놓은 작가는 도대체 어떤 사람들인가.

어린 시절 학교에서 곤충채집을 해오라고 방학 숙제를 내준 적이 있었다. 그럴 때면 우리는 채집망을 들고 산으로 들로 나아가 나비도 잡고, 잠자리도 잡았었다. 잡은 나비를 날카로운 침으로 찔러 표본을 만들면 날아다니던 나비는 나비 모습 그대로 한순간에 정지된다. 마찬가지로 작가는 누구인가. 작가들은 가나다라마바사아자차카타파하의 부호로 날아다니는 생각들의 곤충들을 채집하여 책 속에 꽂아놓는 마법사가 아닐 것인가.

작가는 도대체 어떻게 해서 어린 소년의 빗장을 열고 그 가슴속에 들어 있는 전생으로부터 가져온 비밀과 어둠, 운명으로부터 빌려온 성욕과 은밀한 쾌락 같은 것을 단숨에 엿보고 그것을 또한 문장으로 생생하게 묘사해낼 수 있을 것인가.

정확히 그 이후부터라고는 꼬집어 말할 수 있는 것은 아니지만 어쨌든 그 무렵 이후부터 나는 작가가 되고 싶다는 꿈을 갖게 되었으며, 책을 읽을 때는 소설 속에 나오는 주인공을 따라가지 않고 그것을 쓰는 작가의 입장에서 소설을 읽는 습관이 생겨버린 것이었다.

가령 예를 들어 『피노키오의 모험』을 읽을 때면 피노키오의 파란만장한 모험보다는 피노키오라는 주인공을 작가 콜로디는 왜 만들었을까. 콜로디는 왜 주인공을 목각인형으로 만들었을까. 그리고 거짓말을 할 때마다 소설가는 왜 피노키오의 코가 자라나게 하였을까 생각하며 읽게 되는 독서습관이 생겨나게 되었던 것이다.

이것은 비단 소설뿐만이 아니었다. 그 당시 한참 유행하던 〈밀림의 왕자〉와 같은 영화를 볼 때에도 학생 잡지에 유행하던 『검은 별』이라든지 『얄개전』을 볼 때도, 심지어 영화를 볼 때에도 나는 영화의 주인공보다는 그것을 만든 감독, 만화의 내용보다는 그러한 캐릭터를 만들어낸 만화가에 대해서 더 많은 흥미를 느끼곤 했었던 것이다. 그래서 나는 이렇게 생각하곤 했었다.

내가 만일 이 만화를 그린 만화가라면 이렇게 유치하게 그리지는 않겠다. 내가 만일 이 작품을 쓴 작가라면 이 소설을 이렇게 따분하게 쓰지는 않겠다. 내가 만약 피노키오를 쓴다면 치사하게 피노키오와 제페토를 고래에게 먹히게 해서 고래의 뱃속으로까지 모험을 떠나게 하지는 않겠다. 고래의 뱃속으로까지 들어간다는 것은 지나친 비약이 아닌가. 작가는 이 부분에서 상상력이 부족했던 것이다. 목각인형 피노키오가 결국 사람이 되어가는 과정을 그려내는 것이 작가의 의도였다면 보다 실현 가능한 모험 속에서 사랑을 통해 피노키오가 착한 사람이 되는 과정이 중요하지, 고래의 뱃속에까지 들어갈 필요가 어디 있겠는가.

그 이후부터 나는 독자라기보다는 작가의 입장에서, 관객이라기보다는 감독의 입장에서, 시청자라기보다는 제작

자의 입장에서 모든 예술작품을 읽고 보는 시점을 갖게 되었던 것이다. 소설가가 되겠다는 생각은 이렇게 자연스럽게 내 마음속에 자리 잡게 되었으며, 그런 점에서 어린 시절 꿈꾸었던 작가의 꿈이 한 번도 바뀌지 아니하고 그대로 이루어진 사실은 인생의 큰 축복이라고 아니할 수 없다.

특히 내 중·고등학교 시절은 작가가 되기 위한 리트머스시험지와 같은 실험기간이었다. 스피노자가 말했던가.

“지금 이 순간의 현실에 머물러 있지 말고 먼 영혼에서 현재를 보라.”

스피노자의 말처럼 나는 먼 훗날 작가된 입장에서 현재의 나를 회상하듯 그렇게 중·고등학교 시절을 보냈다. 마치 내 하루하루를 수십 년 후에 들춰본 일기장의 내용 그대로 재연하듯 그렇게 살았던 것이다. 그랬으므로 현재의 하루하루는 작가인 내게 있어 어른과 아이가, 현재와 추억이 함께 어우러져 있는, 또한 과거와 미래가 함께 어우러져 있는 현재도 아니고, 과거도 아니고, 미래도 아닌 제3의 공간 속에서 외계인처럼 살아가고 있었던 것이다.

고등학교 시절 나는 하루에 단편 하나씩을 쓰며 학창시절을 보냈다. 공부는 뒷전이었고, 책가방 속에는 소설을 쓰기 위한 노트와 펜 하나뿐이었다.

그래서 고등학교 2학년 시절 도벽이 심한 한 소년의 비행을 그린 「벽구멍으로」란 소설이 한국일보 신춘문예에 입선이 되었을 때 장안에 큰 화제가 되었지만 정작 당사자인 나는 먼 미래의 눈에서 현재를 회상하고 있었으므로 너무나 당연하게 이를 받아들였고 꿈에 그리던 작가가 되었다.

그 이후 수십 년 동안 글을 쓰면서도 결국 문학이란 내가 아주 어렸을 때 상상한 경이감의 확대에 불과한 사실이라는 것을 새삼 깨닫곤 한다.

어린 시절 나는 엄마에게 꾸중을 들으면 엉엉 우는 버릇이 있다고 했다. 마찬가지로 요즘도 나는 이 세상의 모든 고통에 신음하고 통곡한다. 인간은 존재하는 것 자체로 상처입고, 슬퍼하는데, 작가인 내게 있어 문학은 그 고통에 감응하는 눈물과 같은 것이다. 그러므로 내가 쓰는 문학은 어린 날 내가 울던 하소연의 눈물과 같은 것이다. 또한 내가 가진 상상력을 보태어 나를 상상의 주인공으로 만들고 내가 상상하는 가공의 세계 속으로 떠나가버림으로써 내 슬픔의 강도를 올려 스스로 더욱 슬퍼하듯 내가 쓰는 문학은 '울고 있는 자신의 모습을 거울을 통해 보았을 때 그 우는 모습이 불쌍해서 더욱 슬피 우는' 일종의 자위행위이며, 근친상간의 자독自瀆인 것이다.

그런 의미에서 작가는 극도의 이기주의자이며, 그 시대의 저잣거리를 돌아다니며 말을 동냥하여 한 끼의 저녁식탁을 차리는 거렁뱅이에 불과하다. 그렇다면 작가는 기록자인가, 창조자인가.

2천 년 전 예수라는 속무를 따라다니던 제자들은 복음을 기록하였다. 이것이 신약성서가 되었다. 또한 2천 5백 년 전 석가모니를 따라다니던 제자 아난타阿難陀는 자신이 보고 들었던 부처의 말을 '여시아문如是俄聞', 즉 '나는 이와 같이 들었다'는 말로 시작되는 경문으로 기록하였다. 그것이 불경이 되었다.

그렇다면 작가에게 있어 문학은 무엇인가. 작가는 태어난 순간 그가 보고 듣는 모든 인생의 비의를 예수의 제자처럼 기록하는 언어의 사도들인가. 또한 작가는 자기가 보고 들었던 모든 존재의 현상들을 '나는 이와 같이 들었다'라고 외워 주술했던 아난타처럼 전해주는 전달자인가. 아니면 작가는 영매靈媒인가. 신이나 망령에 접신하여 그들을 대신하여 전언하는 무당인가.

나는 아니라고 생각한다.

작가에게 있어 문학의 원형은 창세기와 맞닿아 있다.

'빛이 있어라' 하자 빛이 생겨나듯 모든 작가의 붓끝에서 하늘과 땅이 창조된다. 진흙으로 사람을 빚고 그 사람의 코에 입김을 불어넣어 사람을 만든 신의 창조처럼 모든 예술의 원형은 신의 창조행위를 모방하고 있는 것에 지나지 않는다. 그렇다. 문학은 신의 창작행위를 모방하는 것에서 출발한다. 예술가에 있어 모든 미술과 음악, 춤 그리고 문학은 신의 창조행위를 모방하는 아류인 것이다. 그런 의미에서 작가는 문학이란 행위를 통해 진흙덩어리의 코에 입김을 불어넣으려는 인간의 머리와 짐승의 동체를 지닌 괴물, 즉 반인반수의 스핑크스인 것이다.

작가로서 나의 마지막 소망은 내가 불어넣은 입김에 영성靈性이 깃들기를 바랄 뿐이다. 마치 목각인형 피노키오가 마침내 살아 움직이는 인간이 되듯이.

달콤한 심장의 최정희 선생님

문단에 데뷔하고 나서 나는 세 사람의 어른을 만났었다. 한 분은 황순원 선생님으로 나는 그분에게 『현대문학』에 추천까지 받았었다. 『현대문학』에 「술꾼」을 발표할 때 선생님은 음으로 양으로 많은 도움을 주셨다. 내 결혼식의 주례도 맡아주셨으며, 딸아이의 이름도 자신의 소설 『일월日月』에 나오는 여주인공과 같은 '다혜多惠'라고 지어주셨다.

다른 한 분이 박영준 선생님으로 연세대학교에 다닐 무렵 나는 선생님의 아들처럼 지냈었다. 선생님과 늘 붙어다녀 함께 등산도 하고, 야구장에 가서 경기도 관람하곤 했었다. 대학교에 다닐 무렵 이미 결혼을 했던 나는 선생님 덕분으로 '윤동주 장학금'을 받아 두 번이나 등록금을 해결할 수 있었다.

당시 목욕탕 2층 집에서 신혼생활을 하고 있던 나와 아내를 택시를 대절해 북악스카이웨이를 드라이브시켜주기도 하였고, 다혜가 폐렴으로 입원하고 있을 때 몸소 병원으로 찾아오셔서 문병을 해주시기도 하셨다.

그리고 나머지 한 분은 최정희 선생님이셨다. 나는 최 선생님을 참 좋아하고 있었다. 나는 선생님이 엄마 같기도 하고, 누나 같기도 하고, 어떨 때는 애인처럼 느껴지기도 했었다. 그래서 이따금 선생님에게 "선생님, 우리 연애 한 번 할까요" 하고 농담을 건네면 선생님도 싫지 않은 표정으로 "미친 새끼" 하고 욕을 하곤 했었다.

내가 최정희 선생님을 처음으로 만난 것은 초등학교 5학년 때였다. 지금의 교육대학에서 실시하는 '전국 어린이 백일장'이 왕십리 어딘가에서 열렸었다. 나는 그때 덕수초등학교의 대표선수로 참가하였는데, 그날 백일장의 제목은 '오늘 아침'이었다.

오늘 아침 학교에 오는데 길거리에 쥐가 죽어 있었다는 카뮈의 실존주의적 작품으로 쓴 내 작문이 입선할 리는 없는 노릇, 결과는 가작에도 입선하지 못한 낙방이었다.

그런데 그날 나는 심사위원으로 참석했던 최정희 선생님의 모습을 지금도 선명하게 기억하고 있다. 어린 소년의 눈에도 아주 예쁘고 매혹적인 여인이었다. 작은 키에 치렁치렁 끌릴 것 같은 뉴똥치마로 곱게 한복을 입은 최 선생님은 입술에 빨갛게 '구찌베니'를 칠하고 있었다.

그날 나는 집으로 돌아와 누이들에게 백일장에서 떨어진 낙방의 기분보다 심사위원이었던 최 선생님의 아름다움에 대해서 이렇게 말했던 것이 지금도 기억된다.

"누나, 백일장에 가서 최정희 선생님을 봤는데 말이야. 너무 예뻤어. 입에 빨갛게 구찌베니를 칠하고 있었는데 말이야. 아주 예뻤어."

이제 겨우 열 살 정도의 꼬마가 어머니 또래의 심사위원이었던 최정희 선생님에게 '여성'을 느꼈다는 것은 아직도 이해가 가지 않는 부분이다.

그 이후 문단에 나온 나는 최정희 선생님으로부터 각별한 사랑을 받았다. 그리고 돌아가실 무렵 정릉의 아파트에 놀러 갔을 때에도 나는 언제나 선생님을 어렸을 때 느낀 감상대로 여전히 매혹적이고 아름다운 여성으로 느끼고 있었다. 내가 찾아가면 누워 계시다가도 몸을 일으키셔서 자신의 흐트러진 머리칼과 몸 매무새를 가다듬곤 하셨다. 내가 농담 삼아 부둥켜안고 뽀뽀라도 할라치면 선생님은 하얗게 눈을 흘기시며 "이 새끼야, 미쳤냐" 하고 욕을 하시곤 했었다. 나는 은근히 선생님의 그런 쌍욕을 좋아하고 있었다.

훗날 전해들은 얘기지만 선생님이 병상에 누워계신 수년 동안 내가 찾아오기를 많이 기다리고 계셨다고 한다. 자주 찾아뵙지 못했던 내 게으름에 나는 죄책감을 느낀다.

미안해요, 최정희 선생님.

언젠가 한번 병상을 찾아갔을 때 나는 선생님이 가톨릭 신자로 '소화테레사'라는 세례명을 받았다는 소식을 듣고 그 즉시 가까운 성당에 들렀다. 신부님과 수녀님에게 '병자성자'를 해달라고 부탁을 하고, 성당 성물판매소에서 십자가상 하나와 마리아상을 사다가 선생님 머리맡에 놔드렸다. 선생님은 누우셔서 내가 사다드린 마리아상을 바라보시며 많은 위로를 받으셨을 것이다.

내가 선생님을 좋아하면서도 자주 찾아뵙지 못하였던 것은 게으른 탓도 있지만 그것보다는 예쁘고 매력적인 선생님이 차츰 무너져가는 모습을 차마 눈으로 지켜볼 수 없었던 두려움 때문이었다.

평소 선생님은 나를 많이 아껴주셨다. 언젠가 『문학사상』에서 실시하는 이상문학상의 심사위원이셨던 선생님은 해마다 최종결선에서 아깝게 떨어지는 내가 불쌍해서 그해는 강력하게 나를 추천했다는 후일담을 전해들을 수가 있었다. 평소 나는 문학상과는 거리가 멀다고 생각하고 있었는데 내가 상을 타게 된 것은 이렇듯 순전히 최정희 선생님의 든든한 백(?) 때문이었을 것이다. 내가 아내와 아이들을 데리고 시상식장에 오자 선생님이 말씀하셨다.

"나는 니 새끼가 문학상 같은 데는 통 관심이 없어 상을 줘도 별로 달가워하지 않을 줄 알았다."

그러자 내가 대답했었다.

"왜요. 상금도 생기는데 웬 떡이에요."

내가 싱글싱글 웃자 최 선생님이 말씀하셨다.

"미친 새끼. 상을 타서 좋아하니 참 다행이다."

내겐 최정희 선생님의 이미지가 전생의 혈육 같은 느낌으로 남아 있다. 내 소설 곳곳에 최정희 선생님의 캐릭터를 흉내 낸 주인공들이 등장하고 있는데 이제 와 고백하지만 『내 마음의 풍차』의 어머니와 『길 없는 길』에 나오는 어머니의 모델은 바로 최정희 선생님이다.

부당한 모습을 보면 서슴지 않고 욕을 퍼부어대는 선생님의 직선적인 성격. 일찍이 홍윤숙 선생님께서 최정희 선생님에 대해 말씀하신 적이 있었다.

"어쩌다 다방에 들어갈 때 한구석에 꽃이 한 송이 앉아 있는 것 같은 느낌을 받을 때가 있었다. 그럴 때 쳐다보면 최정희 선생님이 앉아 계셨어. 그 모습이 너무 아름다워 눈이 부실 정도였었다."

홍 선생님의 표현처럼 언제나 항상 갓 피어난 꽃처럼 아름다웠던 최정희 선생님. 그 아름다운 모습 내부에 용암과 같은 뜨거움과 한여름에 피어난 칸나와 같은 붉은 열정을 갖고 있던 최정희 선생님.

일찍이 1209년 스코틀랜드의 버나드 성주가 죽자 그의 아내 데보기라는 남편의 심장을 향香으로 채워 상아의 함에 넣고는 항상 이것을 '나의 가장 사랑하는 심장'이라고 늘 가슴에 품고 다녔다. 부인은 세상을 떠나기 직전에 "만일 내가 죽으면 굳게 맺힌 두 마음이 영원히 함께 지낼 수 있도록 내 가슴 위에 남편의 심장을 안긴 채 묻어주오"라는 유언을 남겼으며, 부인은 생전에 마련해놓은 남편의 묘지에 사원을 세우고 이 절의 이름을 '스위트하트 사원'이라고 불렀다. 이후부터 영국에서는 사랑하는 사람을 '달콤한 심장' 즉 '스위트하트'라고 부르기 시작하였던 것이었다.

이제, 문단에 들어와 내가 모셨던 세 사람의 어른들은 모두 돌아가셔서 이 세상 사람들이 아니다. 그러나 그분들의 그 눈동자, 입술은 아직도 내 가슴에 남아 있다. 바람이 불고 비가 내릴 때도 나는 저 유리창 밖 가로등 그늘의 밤을 잊지 못한다.

사랑은 가고, 옛날은 남는 것. 여름날의 호숫가, 가을의 공원. 그 벤치 위에 나뭇잎은 떨어지고 나뭇잎은 흙이 되고 나뭇잎에 덮여서 우리들의 사랑이 사라진다고 해도 사랑하는 사람의 모습들은 인생의 벤치 위에서 영원히 서성대고 있다. 아직도 최정희 선생님의 그 아름다운 모습은 내 가슴속에서 살아 움직이고 있는 것이다.

사랑은 가고, 옛날은 남는 것.

여름날의 호숫가, 가을의 공원.
그 벤치 위에 나뭇잎은 떨어지고 나뭇잎은 흙이 되고
나뭇잎에 덮여서 우리들의 사랑이 사라진다고 해도

사랑하는 사람의 모습들은
인생의 벤치 위에서 영원히 서성대고 있다.

서재를 정리하며

명색이 작가이므로 많은 사람들은 내가 작업을 하는 서재를 보기 원한다. 그러나 솔직히 말해서 내 서재는 초라하기 이를 데 없다.

서재라기보다는 그냥 살림방으로 벽에는 책장이 붙어 있고, 내가 요즘 읽고 있는 책들이나 참고로 할 만한 서적들이 꽂혀 있는 것이 고작이다. 며칠 전 어떤 신문사에서 서재를 취재하자고 말하였을 때 내가 난감해하였던 것은 빈약한 내 서재의 몰골 때문이다.

지붕 밑 다락방에는 오래된 책들이 따로 보관되어 있는데 정확히 세어보지는 않았지만 대충 천 권 이상의 책들이 꽂혀 있다. 지금까지 한 번도 정리해본 적 없이 닥치는 대로 모아두고만 있었는데 최근에 우연히 서재를 정리할 기회가 있었다.

가까운 신부님이 성당에 간이 도서관을 만드는데 별로 쓸모가 없다고 생각하는 책이 있다면 기증해달라는 부탁을 해온 것이었다.

그렇지 않아도 언젠가는 정리하겠다는 생각을 하고 있었으므로 기회다 싶어 어느 날 하루를 날 잡아 정리하기 시작하였다. 그런데 쉽게 생각했던 작업이 더없이 힘든 일이라는 것을 뒤늦게 깨닫게 되었다. 어느 책을 버려야 하는가. 지금은 불필요하게 느껴져 책을 버린다 하더라도 언젠가는 그 책이 또다시 필요해지는 것은 아닐까. 또한 대부분의 책들은 저자가 직접 사인을 해서 보내준 기증본인데 어떻게 그들의 성의를 무시하고 마치 쓰레기처럼 책을 버릴 수가 있겠는가.

그래서 처음에는 백여 권도 채 골라내지 못하였다. 그러다 2, 3차에 걸쳐 정리하면서 내 가치기준은 달라지기 시작하였다. 대부분의 책들은 내가 한 줄도 읽지 않은 책이지만 이 책이 언젠가 내게 소용이 있게 될지 모른다는 보장이 없는 한 미련 없이 버려도 그만이라는 생각이 들었기 때문이었다. 그보다도 천 권이 넘는 책들을 하나씩하나씩 훑어보는 동안 '책은 마음의 양식'이라는 보편적인 진리를 넘어서서 이 많은 책들이 과연 우리의 영혼에 양식이 될 수 있을까 하는 의구심이 들었기 때문이었다.

영국의 정치가 디스레일리는 책에 대해서 이런 평가를 내린 적이 있다.

"책은 인간의 저주다. 현존하는 책의 90%는 시원치 않은 것이며, 좋은 책이라는 것도 그 시원치 않음을 논파論破하는 것에 불과한 것이다. 인간에게 내려진 최대의 불행은 인쇄의 발명이다."

디스레일리의 냉소가 아니더라도 소설가였던 도스토예프스키도 그의 처녀작 『가난한 사람들』에서 다음과 같은 저주를 퍼부은 적이 있다.

"책이란 도대체 무엇을 하는 물건입니까. 터무니없는 거짓말만 늘어놓는 것이 아닙니까. 소설책이란 것은 정말 백해무익한 물건입니다. 허튼수작을 하기 위해서 쓴 것입니다. 그런 건 빈둥빈둥 놀고먹는 게으름쟁이들이나 읽는 물건이지요."

도스토예프스키의 말에 용기를 얻어 순식간에 '백해무익(?)'한 책을 수백 권 이상 추려내는 동안 갑자기 나는 모골이 송연해지는 두려움을 느꼈다.

지금까지 수많은 책을 낸 다산 작가인 내게도 어느 누군가에겐 백해무익한 물건으로 취급되어 쓰레기처럼 버려지는 것은 아닐까. 내가 쓴 소설도 결국 '터무니없는 거짓말만 늘어놓은 허튼수작'이 아닐 것인가. 그렇게 보면 나 역시 디스레일리가 말하였던 시원치 않은 책을 통해 인간에게 저주를 양산해내고 있는 죄인은 아닐까.

그날 오후 3백 권 이상 책을 골라낸 후 나는 어두운 서재에 앉아서 불도 켜지 않은 채 약간의 자괴감 속에 잠겨 있었다. 그때 떠오른 에피소드는 철학자 볼테르의 얘기였었다. 볼테르에게 어떤 사람이 "당신의 책이 불태워지게 되었소" 하고 빈정대자 볼테르는 태연히 대답하였다.

"그것 참 고마운 일입니다. 내 책은 군밤과 같아서 태우면 태울수록 잘 구워져 손님이 많이 따릅니다."

그렇다. 책은 군밤이다. 그 이상도 이하도 아니다. 그러므로 양서에 대한 두려움과 죄의식을 가질 필요는 없는 것이다. 내가 할 일은 볼테르처럼 태우고 태워서 따끈따끈하게 잘 구워진 군밤을 만들어내는 일인 것이다.

이시하라 신타로 씨.

지금까지 한 번도 만난 적도 없고 또한 나보다 열두 살이나 위인 귀하에게 이런 편지를 쓰는 것은 귀하가 지금 일본에서 최고의 인기를 누리고 있는 동경주지사의 현역 정치가라기보다는 한때 일본에서 선풍적인 인기를 누렸던 소설가였기 때문입니다.

귀하는 대학시절 유도와 축구에 열중하였던 만능 스포츠맨이었으며, 스물두 살의 나이에 쓴 『태양의 계절』이란 소설로 아쿠타가와상을 받음으로써 문단의 기린아가 되었습니다. 한때 직접 감독도 하였고, 배우로도 출연하였던 귀하는 일본의 국민배우였던 동생과 더불어 사교계의 총아가 되었으며, 정치에 진출하여 오늘날 일본에서 가장 영향력이 큰 정객 중의 한 사람이 되었습니다. 따라서 일본에서는 귀하의 가문을 미국의 케네디가와 비교한다는 신문기사를 최근에 읽은 적도 있습니다.

그러나 그보다도 나는 귀하를 떠올릴 때마다 『태양의 계절』에서 사랑하는 애인에게 자신의 남근을 문창호 사이로 찢어 넣는 당시로서는 충격적인 장면을 삽입함으로써 마침내 전후시대의 저항심을 상징하는 '태양족太陽族'의 선두주자였음을 잊을 수가 없습니다.

이러한 귀하를 미시마 유키오는 이렇게 평하였던 것을 기억하고 있습니다.

"이시하라 씨는 모든 지적인 것에 대해 모멸의 시대를 열었다. 전전의 군부독재시대는 지적이 아닌 세력이 지적인 것을 모멸하던 시대였었다. 그러나 이시하라 씨가 연 시대는 그때와 다르다. 그것은 지적인 내란이라고 말할 수 있을 것이다."

미시마의 평대로 귀하는 허위에 가득 찬 거짓에 대해서 저항함으로써 지적 반란을 일으킨 혁명아라고도 말할 수 있을 것입니다.

지금까지 귀하는 자신의 입장을 진보주의자로 일관시킴으로써 강대국 미국에 대해선 'NO라고 말할 수 있는 자유'를 부르짖고, 또한 역사교과서 왜곡에 대한 중국과 한국의 끊임없는 분노를 '내정간섭'이라고 평가하는 극단적인 태도를 보이고 있습니다.

그러나 이시하라 씨, 귀하만은 그래서는 안 됩니다. 일본의 모리 총리를 비롯하여 각료 7명이 '새 역사교과서를 만드는 모임'을 앞세워 대동아전쟁을 미화하고, 중국과 한국에 끼친 깊은 상처를 숨기려는 시대착오적인 퇴행행위를 벌이고 있다 하더라도 이시하라 씨 귀하만은 내정간섭이라는 극우적인 평가를 내려서는 안 되는 것입니다. 왜냐하면 귀하는 어쨌든 한때 인류애를 부르짖던 소설가였으며, 또한 일본의 군국주의적 허위에 대해 강렬히 저항하였던 태양족의 선두주자가 아니었지 않습니까.

한국은 일본으로 인해 깊은 상처를 입었습니다. 한국은 귀하가 쓴 소설, 「완전한 유희遊戱」에 나오는 정신병에 걸린 여인처럼 집단적으로 윤간을 당하였습니다. 또한 36년간이나 일본의 군국주의에 귀하의 소설 「처형실處刑室」에 나오는 남자주인공처럼 집단 린치를 당하고 말과 이름을 뺏기고 꽃다운 처녀들은 정신대란 이름으로 창녀가 되었습니다. 그러나 더욱 견딜 수 없는 것은 8·15의 광복으로 해방은 되었으나 남과 북으로 나뉘어 아직까지 이 지구상에 남아 있는 유일한 분단국가가 되었다는 사실입니다. 일본이 패전하였다면 일본이 마땅히 독일처럼 두 개의 국가로 나뉘어져야지 어째서 당사국이 아닌 한국이 두 개의 분단국으로 나누어져야 했던가요.

도대체 일본은 어떤 나라입니까. "좋은 약은 입에 쓰다"라는 속담을 가진 나라 일본. 그러나 이웃나라 중국과 한국의 입에 쓴, 그러나 몸에 좋은 충고를 결코 좋은 약으로 받아들이지 못하는 참으로 이해할 수 없는 자폐증에 걸린 일본. 자신의 과오를 깊이 반성해보지 않는 미숙하고 유치한 감정을 가진 일본.

이시하라 신타로 씨, 귀하는 강대국 미국을 향해 'NO라고 말할 수 있는 자유'를 부르짖음으로써 일본인의 자존심을 세워줬습니다. 그러나 귀하가 진정 자유인이라면 이제는 이렇게 말할 수 있는 사상가가 되어야 할 것입니다.

이웃나라 한국과 중국의 충고를 내정간섭이 아니라 좋은 충고로 받아들일 수 있는 지혜. 일본인에게는 최고의 양약인 이 충고를 받아들일 줄 아는 'YES라고 말할 수 있는 용기'에 대해서도 이제는 성숙한 지성인으로서 귀하가 자폐의 창호지를 찢고 한마디 할 때가 되었다고 나는 생각하고 있습니다.

예술가인가, 문화권력자인가

1791년 12월 6일, 오스트리아의 수도 비엔나. 슈테판대성당 내부의 소성당에서는 한 예술가의 장례식이 거행되고 있었다. 밖으로는 눈보라가 몰아치다가 이윽고 진눈깨비가 내리고 있었다. 참석한 사람은 겨우 10명 남짓. 장례식이 끝났을 때에는 격렬한 뇌우까지 몰아쳐 장지인 성문 밖 성마르크스묘지까지 따라간 사람은 아무도 없었다. 때문에 공동묘지에 매장된 그 예술가의 행방은 그 후 찾을 길이 없게 되었던 것이다.

오늘까지 무덤의 위치를 알 수 없는 그 초라한 예술가의 이름은 바로 볼프강 모차르트. 인류가 낳은 가장 위대한 예술가 가운데 한 사람인 것이다.

이 위대한 예술가가 비참하게 죽을 무렵 당시 음악계의 실력자는 '안토니오 살리에리'였다. 그는 비엔나의 궁정악장이었으며 '음악예술협회'의 실질적인 회장이자 지휘자를 겸임하고 있었던 악단의 권력자였다. 그는 생전에 모차르트의 재능을 질투하고 있었을 뿐 아니라 자신의 권위를 인정하지 않는 여섯 살 연하의 모차르트에 대해서 반감을 갖고 있었다.

때문에 오늘날까지 모차르트를 살리에리가 독살하였다는 소문이 나돌고 있다. 그 독살설이 사실이 아니라고 해도 모차르트의 천재성에 대한 살리에리의 질투가 모차르트를 죽음으로 몰아갔다고 할 수 있다. 살리에리는 질투심으로 모차르트를 비엔나 음악계에서 발붙일 수 없도록 영향력을 행사함으로써 말년에 모차르트를 곤궁과 고통 속에 빠뜨려 죽음으로 몰아간 것은 틀림없는 사실인 것이다.

이 사실을 영화로 만들어 대성공을 거둔 〈아마데우스〉의 첫 부분에 모차르트가 죽은 후 35년이 지났을 때 살리에리는 찾아온 신부에게 자신이 한창 전성기 때 작곡한 노래 한 소절을 들려주고 이 노래를 알고 있느냐고 묻는 장면이 나온다. 신부가 모르겠다고 머리를 흔들자 살리에리는 다시 이 노래는 알고 있느냐고 다른 피아노곡을 한 소절 쳐 보인다. 이때 살리에리가 연주해 보인 피아노곡이 바로 모차르트의 〈아이네 클라이네 나하트뮤직〉이었던가.

어쨌든 그 곡조를 알고 있다는 신부의 표정에 살리에리는 절망하면서 과거를 회상하는 것으로 영화는 시작되는 것이다.

최근 우리나라에서는 황순원, 서정주, 김기창과 같은 문학과 미술의 거인들이 이 세상을 떠남으로써 한 시대를 마감하고 있다. 이 어른들의 죽음을 아쉬워하며, 그들의 업적을 어떻게든 추모해보려는 작업들이 제자들과 그들을 흠모하는 사람들에 의해서 진행되고 있다. 또 한편에서는 그 예술가들의 위대함 속에 감추어져 있던 친일행적들과 독재세력에 동조하였던 어두운 과거들을 낱낱이 들추어내며 이들을 매도하고 있기도 하다. 그러나 결국 죽은 사람들은 빨리 잊어주는 것이 그들에 대한 최고의 예의인 것이다. 죽은 사람을 그리워하는 후인들의 추모도 결국 허명에 편승해보려는 얄팍한 이기심에 지나지 않는 것이다.

일찍이 당나라의 선승 조주趙州는 장례식을 따라가는 행렬을 보며 탄식하였다.

"하나의 살아 있는 사람을 여러 죽은 사람들이 따라가고 있구나."

죽은 사람을 기리는 것도, 죽은 사람의 업적을 찬양하는 것도, 죽은 사람의 흔적을 낱낱이 파헤쳐 비판하는 것도 세월이 흐르면 모두 사라질 것이다. 우리가 죽은 사람을 그리워하는 것은 죽은 사람들과 상관이 없다. 죽은 사람을 기리는 것은 그 사람이 떠나가버려 아무도 살지 않는 빈집의 대문 위에 걸린 문패를 한없이 바라보는 어리석은 일에 지나지 않는다. 우리가 황순원이 위대하다고 한없이 떠들어본들, 서정주가 시성詩聖이라고 한없이 칭송해본들, 김기창의 바보 산수를 찬양해본들, 그들은 이미 조주의 말대로 죽음의 세계를 거쳐 또 하나의 살아 있는 사람이 되어버렸다. 그들을 칭찬하는 것으로 존재 이유를 삼았던 평론가들도 제자들도 지인들도 후배들도 모두 사라져버렸을 때에야만 과연 누가 모차르트이고, 누가 살리에리인지 판가름이 날 것이다.

황순원은 과연 누구인가. 모차르트인가 아니면 살리에리인가. 서정주가 진정한 예술가인가 아니면 문화권력자인가. 김기창이 귀머거리로서의 신체장애를 극복하고 모차르트처럼 혼을 불태운 예술가인가 아니면 수많은 제자와 측근들에 둘러싸인 궁정악장이나 예술가협회의 회장이었던 살리에리처럼 화단의 실력자였던가.

밤하늘의 별이 그만큼 밝을 때는 어둠이 그만큼 짙을 때인 것이다. 그들의 별이 과연 붙박이별인가, 떠돌이별인가의 판가름은 한시라도 빨리 그들을 망각의 어둠 속으로 떠나보내 잊어버린 후의 일일 것이다.

싸움은 아직 끝나지 않았다

경제학의 아버지라고 불리는 A. 스미스는 그의 명저인 『국부론』에서 그 유명한 '보이지 않는 손'이란 표현을 처음으로 사용하였다.

그는 시민사회에서 개인의 이기심에 입각한 경제적인 행위가 결과적으로 사회적 생산력의 발전에 이바지하며, 이러한 사적 이기심과 사회자 번영을 매개하는 것은 '보이지 않는 손'이라고 규정하였던 것이었다.

여기에서 보이지 않는 손이란 한마디로 하느님 즉 신神을 지칭하는 말이다. 즉 신은 인간의 모든 사회, 경제, 역사, 문화의 발전에 보이지 않는 손의 매개체로 개입하고 있음을 뜻하는 유신론적 발상이었던 것이었다. 그러나 신이 이러한 보이지 않는 손으로 인간의 모든 영역에 창조적으로 개입하고 있다는 학설에 정면으로 반박하고 나선 사람이 바로 광인狂人 니체였다.

그는 2천 년 동안 유럽의 문명을 지배해온 그리스도교의 몰락을 예견하였다. 인간들은 신에 의해서 왜소화되고, 노예화되었으므로, 이것을 극복하기 위해서는 권력에의 의지를 체현體現하는 초인超人을 이상으로 삼고 끊임없이 나아가야 한다고 주장한 다음 이렇게 말하였다.

"신은 죽었다."

생전에는 거의 이해되지 않았던 광기에 사로잡힌 철학자 니체의 이 한마디는 20세기를 지배하는 최대의 화두가 되었던 것이다.

인간을 지배하는 보이지 않는 손을 가진 신은 이미 죽었으며, 더 이상 존재하지 않음으로써 '인간적인 너무나 인간적인' 뛰어난 초인만이 권력을 통해 인간을 구원할 수 있다는 니체의 이 사상은 결국 무신론적 허무주의와 무신론적 실존주의를 잉태하였다. 그리하여 마침내 러시아 혁명이 일어났으며 세계 곳곳에서 공산당 정권이 탄생되었던 것이다. 그뿐 아니라 인류의 역사상 그 유례가 없는 제1차세계대전과 제2차세계대전이 일어났으며, 니체가 '전쟁의 신'으로까지 추앙받는 역사의 아이러니가 일어났던 것이다. 20세기에 일어났던 그 많은 혁명과 전쟁들은 결국 인간의 초인적인 힘으로 권력을 창출하려는 무신론적 허무주의의 소산이었던 것이다.

한 나라의 국지전으로 일어났던 6·25전쟁은 바로 그러한 공산주의와 민주주의의 대리전으로 600만 명의 사상자를 만들었을 뿐 아니라 제2차세계대전 때의 서너 배에 해당하는 온갖 무기와 폭탄들이 이 좁은 땅덩어리에 투하되었던 것이다.

이는 과학에서도 마찬가지였다. 에디슨이 전구를 발명하면서 빛을 인간의 문명 속에 끌어들인 이후부터 과학은 마침내 히로시마에 원자폭탄을 투하하여 제2차세계대전을 종식시킬 수 있었을 뿐 아니라 1961년 소련의 우주비행사 '가가린'은 지구의 상공을 선회하면서 이렇게 말하였던 것이다.

"지구는 푸른빛이다. 그러나 아무 곳에서도 신은 보이지 않는다."

그리하여 복제양 돌리가 탄생함으로써 인간도 마음만 먹으면 복제할 수 있다는 끝간 데 모르는 과학만능의 이 시대에 여전히 우리에게 남아 있는 가치관의 선택은 존재한다.

과연 신은 보이지 않는 손으로 존재하는가 아니면 신은

여전히 죽어버렸나.

그런 의미에서 20세기에 일어났던 모든 혁명, 모든 전쟁, 모든 과학, 모든 문화, 모든 사회현상들은 결국 유신론인가 무신론인가 하는 양자택일에서 각자 상극의 다른 길을 걸어온 것이었다.

신은 이미 죽어버렸으므로 설혹 신이 살아남아 있다 하더라도 복잡하게 진화하고 발전되어가는 현대문명에 따라 변화하지 못하고 있는 신전 속에서나 존재하는 낡은 신이야말로 있으나 마나 한 존재였으므로 오직 초인의 힘으로 권력을 쟁취하려는 독재자들이 20세기 동안 줄곧 태어날 수밖에 없었던 것이다. 히틀러, 무솔리니, 모택동, 김일성, 스탈린, 레닌, 일본의 천황 히로히토, 그리고 박정희. 신은 이미 죽어버렸으므로 신이 책임져야 할 인간들의 기쁨, 인간들의 열락들은 이미 인간들이 만들어내는 쾌락으로 대치되었다. 술과 마약, 그리고 도박과 끊임없는 물질중독과 소비중독은 죽어버린 신 대신 물신으로서 인간의 영혼을 지배하기 시작하였으며, 성性이야말로 이를 대신할 수 있는 최고의 감미료였던 것이다.

20세기야말로 이렇듯 보이지 않는 손을 인정하는 유신론과 신은 죽었다는 니체의 무신론이 맞서 싸운 격전장이었으며, 시험장이기도 하였다. 그러하면 21세기에는 무엇이 우리의 역사를 움직이게 될 것인가. 신은 여전히 미라의 상태로 관 속에서 죽어 있는 것일까, 아니면 신은 여전히 광장에 나아가 지나가는 사람으로부터 동전을 구걸하는 걸인처럼 무력하기 짝이 없는 것일까, 아니면 프랑스 철학자 샤르댕의 말처럼 여전히 신은 인간들의 창조에 보이지 않는 손으로 참여하고 있는 것일까. 이것도 저것도 아니면 예수가 죽은 뒤 사흘 만에 부활한 것처럼 하루의 천 년과 이틀의 천 년을 거쳐 마침내 사흘째가 되는 새 천 년엔 신이 죽음에서 부활할 수 있을 것인가.

그렇다. 아직 싸움은 끝나지 않았다. 다가오는 21세기에도 보이지 않는 손의 유신론과 신은 죽었다는 무신론의 싸움은 계속될 것이다. 보다 교묘한 방법으로 보다 치열하게 21세기에 거는 낙관적인 희망과 비관적인 절망은 모두 여기에서 비롯될 것이다.

나도족의 행복

요즘 시중에서 유행하는 말 가운데 '나도족族'이 있다. 그 말이 탄생된 데에는 유래가 있다.

"남자 나이 30대 때에는 아내가 샤워를 하는 것이 두려워지고, 남자 나이 40대 때에는 아내가 한 솥 가득히 곰국을 끓이면 두려워진다. 왜냐하면 아내가 멀리 여행을 떠났다 돌아온다는 신호이기 때문이다. 남자 나이 50대 때에는 이사를 갈 때면 남편은 재빨리 이삿짐을 실은 트럭 앞좌석에 올라가서 안전벨트를 메고 이렇게 말을 한다. '나도 데려가. 나도 함께 데려가달라고.'"

'나도족'이란 말이 탄생된 데에는 이처럼 50대에 접어든 가장이 쓰레기처럼 버려질까봐 재빠르게 이삿짐을 나르는 트럭 위에 올라가 안전벨트를 메고서 '나도 데려가달라'는 말을 하게 된 데서 비롯된다.

아내가 심지어 시장에 갈 때나 구공탄 재를 버리러 갈 때에도 '나도 데려가달라'고 떼를 쓰는 가장이 늘어가고 있으며 특히 나처럼 50대에 접어든 가장들은 행여 아내가 자기를 버리고 어디로 가버릴까봐 항상 아내 곁을 빙빙 쫓아다니면서 '나도' '나도'를 응석부리고 있는 것이다. '나도족'의 탄생은 이렇듯 가장의 비참한 몰락에서부터 시작된 것이다.

어렸을 때 아이들은 엄마가 자기를 버려두고 어디론가 도망가버릴지도 모른다는 막연한 불안 끝에 '나도 데려가달라'고 떼를 쓰는데 이때의 세 살 버릇이 쉰 살에 이르러 회사로부터 퇴출당하고 자신이 평생 동안 활동하였던 사회로부터 소외된 사장들이 마치 자신이 어렸을 때 엄마에게 행하였던 응석을 아내에게 함으로써 미숙아적 퇴행을 보이고 있는 것이다.

일본의 대표적 시인인 이시카와의 단시 중에 다음과 같은 것이 있다.

> 친구가 모두 나보다 훌륭하게 보이는 날은
>
> 꽃을 사 들고 들어와

50대가 된 '나도족'은 아내가 자신의 곁을 떠날까 무서워서, '나도, 나도' 하고 떼를 쓰는 것이 아니라 50대에 이르러서야 새삼스럽게 발견한 아내의 아름다움 때문인 것이다. 아내야말로 가장 친한 친구며 동반자임을 발견한 남편의 짝짝꿍적 재롱인 것이다.

자기와 함께 비운의 인생을 걸어온 아내에게 꽃을 한 송이 사 들고 들어와 아내의 얼굴을 바라보며 즐긴다는 이시카와의 시야말로 '나도족'의 심정을 노래한 주제가인 것이다.

며칠 전 나는 아내와 함께 여의도로 벚꽃구경을 갔었다. 나는 해마다 만개한 벚꽃을 보면 아직도 가슴이 울렁거린다. 벚꽃이 너무 눈이 부셔서 제대로 보지 못한다. 아내에게도 한때 저런 벚꽃처럼 눈부신 청춘이 있었을 것이다. 나 늙어가는 것은 전혀 슬프지 않으나 흰 머리카락이 늘어가는 아내의 머리 위에 흩날리는 벚꽃의 낙화야말로 가슴이 저미도록 슬프나니.

17세기에 어느 수녀는 기도하였다.

주님, 주님께서는 제가 늙어가고 있고/언젠가는 정말로

늙어버릴 것을 저보다도 잘 알고 계십니다/저로 하여금 말 많은 늙은이가 되지 않게 하시고/특히 아무 때나 무엇에나 한마디 해야 한다는 치명적인 버릇에 걸리지 않게 하소서/모든 사람의 삶을 바로잡고자 하는 열망으로부터 벗어나게 하소서/저를 사려 깊으나 시무룩한 사람이 되지 않게 하시고 남에게 도움을 주되 참견하기를 좋아하는 그런 사람이 되지 않게 하소서/(…)/제가 눈이 점점 어두워지는 것은 어쩔 수 없겠지만/저로 하여금 뜻하지 않은 곳에서 선한 것을 보고/뜻밖의 사람에게서 좋은 재능을 발견하는 능력을 주소서/그리고 그들에게 그것을 선뜻 칭찬해줄 수 있는 아름다운 마음을 주소서, 아멘.

그렇다. 나는 '나도족'이다.

실제로 최근 일본에서는 남편이 퇴직금을 받아오는 예순 살을 기다렸다가 이혼을 요구하는 '황혼 이혼'이 문제가 되고 있다는데 그런 의미에서 아직 나는 이삿짐을 쌀 때 트럭에 재빠르게 올라타지 않아도 버림을 받거나 아내로부터 황혼 이혼 요구를 받지 않으니 행복한 '나도족'이다. 아내와 더불어 이 화려한 봄날 난분분 난분분 벚꽃이 흩어지는 꽃길을 함께 걸어갈 수 있는 '나도족'이며 17세기의 수녀처럼 심술맞지 않고 아름답게 늙어가기를 원하는, '나도족'이니. 아아, 이 세상에서 나처럼 행복한 '나도족'이 또 있겠는가. 안 그래 여보, 어딜 가, 나도 좀 데려가~.

신부

아가야, 날이 저물었다. 청사초롱에 불 밝히고 앞장서 거라.

내 슬픈 이야기 하나 들려줄까나. 서정주 님의 작품에 「신부新婦」라는 시가 하나 있는데 다음과 같느니라.

신부는 초록 저고리 다홍치마로 겨우 귀밑머리만 풀리운 채 신랑하고 첫날밤을 아직 앉아 있었는데, 신랑이 그만 오줌이 급해져서 냉큼 일어나 달려가는 바람에 옷자락이 문 돌쩌귀에 걸렸습니다. 그것을 신랑은 생각이 또 급해서 제 신부가 음탕해서 그새를 못 참아서 뒤에서 손으로 잡아다리는 거라고, 그렇게만 알곤 뒤도 안 돌아보고 나가버렸습니다. 문 돌쩌귀에 걸린 옷자락이 찢어진 채로 오줌 누곤 못쓰겠다며 달아나버렸습니다.

그러고 나서 40년인가 50년이 지나간 뒤에 뜻밖에 딴 볼일이 생겨 이 신부네 집 옆을 지나가다가 그래도 잠시 궁금해서 신부방 문을 열고 들여다보니 신부는 귀밑머리만 풀린 첫날밤 모양 그대로 초록 저고리 다홍치마로 아직도 고스란히 앉아 있었습니다. 안쓰러운 생각이 들어 그 어깨를 가서 어루만지니 그때서야 매운 재가 되어 폭삭 내려앉아버렸습니다. 초록 재와 다홍 재로 내려앉아버렸습니다.

아가야, 이 이야기를 들으니 정말 슬프자. 오줌 싸러 나가다가 옷자락이 문 돌쩌귀에 걸려서 신부가 음탕하다고 오해를 하고는 그길로 달아나버린 신랑, 그로부터 40년인가 50년이 지난 뒤에 찾아가보니 신부는 첫날밤 모양 그대로 고스란히 앉아 있었고, 어루만지자 그제야 재가 되어 폭삭 내려앉았다는 얘기가 정말 슬프자.

그러나 아가야. 이보다도 슬픈 얘기가 많이 있단다. 자전거를 구하러 나갔던 남편이 그길로 떠난 뒤 50년 뒤에 살아서 돌아왔다는구나. 오줌 싸러 나갔다던 새신랑보다도 더 어렸던 신랑들은 잠깐 나갔다 돌아온다고 길을 나섰다가는 그대로 생이별을 하였다는구나. 50년 만에 돌아와

보니 신부는 첫날밤 그대로 앉아 있다는구나. 빈집을 오래 두면 거미줄 치듯 신부 얼굴에 주름이야 거미줄처럼 생겨났겠지만, 빈집을 오래 두면 정원에 잡초가 자라듯 신랑의 얼굴에는 잡초야 무성하겠지만, 아가야 이제는 어찌할까나, 이 무정한 세월을 어찌할까나. 신부 손가락에 금반지를 끼운들 그 무정한 세월을 어찌하겠느냐. 아가야, 형은 국군이 되고, 아우는 인민군이 되어 서로의 가슴에 총 겨누며 싸웠다는구나. 도대체 왜 그러는지 모르면서, 왜 싸우는지 모르면서 광기에 휩싸여서 형이 아우를 죽이고, 아우가 형을 쏘았다는구나. 어미는 하루아침에 아들을 잃어버리고 딸은 하루아침에 어미를 잃어버렸다는구나. 그래서 모두들 이렇게 사는 것은 필경 전생에 죄가 많아 이렇게 사는 것이라 믿었는데, 전생은 무슨 얼어죽을 놈의 전생이란 말이냐. 아가야, 만나서 울고 또다시 헤어지고, 아이고 오마니 아이고 아바지. 그 얼굴 얼싸안고 더듬어보고 울고 또 울어도 헤어지면 그뿐이다. 헤어지면 또다시 남남이다. 마치 슬픈 영화 보면서 실컷 울고 난 뒤 밝은 불이 켜지면 극장 문을 나서는 기분에 지나지 않는다. 아가야, 잠시야 기분은 후련하겠지만 얽히고 얽힌 가족의 인연은 어찌할 것인가. 이산가족이야 50년 만에 만나서 한바탕 울면 한이라도 풀리겠지만 같은 하늘, 같은 지붕 아래 살고 있는 이산가족들이야 또 어찌하겠느냐. 같은 밥을 먹고, 같은 이불을 쓰고, 분홍빛 잠옷을 입고 코피가 나도록 사랑을 하여도 남과 북보다 더 멀리 떨어져 있는 오늘날 우리들 무관심의 이산가족들은 또 어찌하겠느냐. 그러므로 아가야, 이번이야말로 어미가 무엇인지, 애비가 무엇인지, 신랑이 무엇인지, 아들이 무엇인지, 가족이 무엇인지 절실하게 생각해볼 수 있는 마지막 잔치. 이제 서서히 그 잔치도 끝이 나간다. 또다시 서정주 님의 시처럼 잔치는 끝나간다.

잔치는 끝났더라. 마지막 앉아서 국밥들을 마시고
빨간 불 사르고,
재를 남기고,

포장을 걷으면 저무는 하늘.
일어서서 주인에게 인사를 하자

결국은 조금씩 취해가지고
우리 모두 다 돌아가는 사람들.

모가지여

모가지여

모가지여

모가지여

멀리 서 있는 바닷물에선

난타하여 떨어지는 나의 종소리.

그렇구나 아가야. 어차피 우리들은 조금씩 취해가지고 돌아갈 수밖에 없는 사람들이다. 살다보면 눈물도 한갓 호사스러운 사치이며 살다보면 그리움도 중독된 쾌락이다. 50년이나 기다리다 마침내 어루만짐 한 번에 매운 재가 되어 스러져버린 새색시처럼 미움도 증오도 원망도 한숨도 폭삭 내려앉아버리고. 아가야. 이제라도 신방을 꾸미자. 낡은 흙벽에 도배를 하고 촛불 하나 밝히고, 늙은 할멈 얼굴에 연지곤지 찍고, 초록저고리 다홍치마 입히고 늙은 할멈은 업어라. 늙은 할멈은 업고 신방을 한 바퀴나 고추 먹고 맴맴 담배 먹고 맴맴 돌아보거라. 귀신이 웃으면 부적을 붙이고, 원귀가 통곡을 하면 굿을 하면서 밤이 새도록 합방을 하리니. 아가야, 청사초롱에 불 밝히고 앞장서거라.

선생님, 감사합니다

일주일에 한 번씩 방영되고 있는 TV프로그램 중에 〈TV는 사랑을 싣고〉라는 프로그램이 있습니다. 사회의 유명 인사들이 나와서 자신들의 인생에 큰 추억을 남긴 사람을 몇십 년 만에 찾아 회포를 푸는 프로그램인데 대부분 초등학교 때의 선생님이나 마음속으로 짝사랑했던 이성들을 찾는 내용들이 대부분이더군요.

내가 그 프로그램을 흥미롭게 보는 이유 가운데 하나는 자신들의 첫사랑을 찾아가는 과정에서 초등학교에 들러 어렸을 때의 학적부를 찾아보는 장면들 때문입니다. 대부분 주인공의 성적표를 공개하거나 찾는 상대방 짝꿍의 성적표도 함께 공개하고 있는데, 내가 흥미 있어 한 것은 성적표보다 담임선생님의 소견란이 더욱 재미있기 때문입니다.

그때그때 담임을 맡았던 선생님들의 의견들이 짤막하게 존평식으로 적혀 있는 일종의 X파일인데, 내가 놀라는 것은 비록 열 살도 안 된 어린 아이들이지만 그 아이들을 정확히 꿰뚫어보고 있는 선생님들의 족집게 같은 직관력 때문인 것입니다.

"콩 심은 데선 콩 나고, 팥 심은 데서는 팥 난다"는 옛 속담처럼 가수들은 대부분 '노래에 소질이 있음', 개그맨들은 '명랑하고 남 웃기기를 잘함'과 같은 소견을 받고 있습니다.

그럴 때면 나는 어렸을 때 받았던 성적표에 적힌 담임선생님의 소견이 떠오르곤 합니다. 초등학교 5학년 때였던가. 학교에서 받은 성적표가 서랍 속에 있어 들춰보니 그곳에는 담임선생님의 다음과 같은 의견이 적혀 있었습니다.

"두뇌는 명석하지만 침착하지 못합니다."

그때 담임선생님은 어린 내게 '서대문 까불이'란 별명을 붙여주셨습니다. 선생님의 말씀인즉 서대문에는 구두닦이 하나가 있는데 까부는 것이 나처럼 까불까불해서 그렇게 별명을 붙여주셨다는 것이었습니다.

언젠가 한번은 반장이었던 내가 학생들에게서 걷은 학

급비를 따로 보관하고 있다가 갑자기 잃어버린 적이 있었습니다. 성미가 급해서 돈을 찾느라고 허둥대고 있는 나를 보시고는 선생님께서 이렇게 말씀하셨습니다.

"인호야, 없다고 생각하면서 찾지 말고, 있다고 생각하면서 찾아라."

온 주머니를 다 뒤져도 나오지 않자, 나는 더욱 조바심이 나서 허둥대고 있었는데 선생님은 또 이렇게 말씀하셨습니다.

"인호야, 두 다리를 땅 위에 꼭 붙이고 찾아라."

나중에 보니 그 돈은 주머니에 있었던 것이 아니라 책가방 속에 있었던 것이었습니다. 그러나 그때 선생님이 말씀하셨던 우연한 두 가지 말씀은 이상하게도 잊혀지지 않고 아직까지도 내 인생에 큰 교훈이 되고 있는 것입니다.

우리는 평생을 통해 무엇을 찾고 끊임없이 무엇을 발견하고 있습니다. 그러나 우리가 목표하고 있는 그 무엇이 없다고 생각하고 찾는 것보다 있다고 생각하며 찾는 것이야말로 바로 희망인 것입니다. 돈이 없어졌다고 절망하여 찾는 것보다 어딘가에 돈이 있다는 낙관적인 희망을 갖고 찾을 때 내가 주머니가 아닌 책가방 속에서 그 돈을 쉽게 발견할 수 있었던 것처럼 말입니다. 또한 "두 다리를 땅 위에 꼭 붙이고 찾아라"라는 선생님의 말씀도 내겐 잊을 수 없는 교훈입니다. 우리들은 대부분 착지를 하고 땅에 뿌리를 내리지 못한 채 공중에 둥둥 떠서 부초처럼 살아가고 있습니다. 그러할 때 우리들은 자기가 주체가 되어 주인공으로 살아가고 있는 것이 아니라 유행에 휩쓸려서 허수아비의 노예처럼 살아가고 있는 것입니다.

몇 년 전 베스트셀러가 된 내 책에 '내가 알아야 할 것은 모두 유치원에서 배웠다'란 제목의 글이 실려 있었습니다. 마찬가지로 내가 인생을 살면서 진정 알아야 할 것들은 모두 이처럼 초등학교 시절에 배웠던 것입니다.

이제 겨우 열 살밖에 되지 않은 묘목에 불과한 어린 나를 정확히 꿰뚫어볼 수 있었던 초등학교 때의 그 선생님을 향해 나는 감사의 편지를 보냅니다.

안녕하세요, 선생님.

선생님이 주신 두 가지 교훈, 무엇을 할 때면 두 다리를 땅 위에 꼭 붙이고 하라는 말씀과 무슨 일이든지 할 수 있다는 마음으로 열심히 하라는 선생님의 말씀 때문에 경솔하고 침착하지 못한 제가 이나마 글쟁이가 되어 문안인사를 올릴 수 있게 되었습니다. 반세기가 지난 지금에 와서야 선생님께 말씀드립니다. 선생님, 진심으로 감사합니다.

서대문 까불이로부터

창세기의 아침

문단에 데뷔한 지 30년이 넘어가는 이즈음 나를 만나면 많은 사람은 으레 다음과 같은 질문을 하곤 한다.

"지금까지 도대체 몇 권의 소설을 쓰셨습니까?"

그럴 때면 나는 이렇게 대답하곤 한다.

"글쎄요. 나는 피임을 하지 않아서 아이가 생기는 대로 낳았기 때문에 아마도 백 권 가까이 될 겁니다."

내가 그렇게 대답하면 사람들이 웃는다. 솔직히 말해서 나는 지금껏 몇 권의 소설을 썼는지 모르고 있다. 소설이라 해도 장편소설도 있고, 중편소설도 있고, 단편소설도 있으며 장편소설도 한 권짜리에서부터 다섯 권짜리 『잃어버린 왕국』에 이르기까지 그 분량도 천차만별이다. 또한 소설뿐 아니라 수필집, 가톨릭 묵상집, 동화집, 여행기 등 다양한 종류의 책들을 출간했으므로 정확한 숫자를 계산해낼 수도 없다. 또한 어떤 책들은 중복되어 출간되고 어떤 책들은 다른 몇 명의 저자들과 공동출판 되기도 해서 어디서부터 어디까지가 정확히 내 작품인지 그 범위가 불분명하다. 그러나 대충 줄잡아서 서재의 한 부분이 온통 내 이름으로 출간된 소설로 가득 채워져 있는 것을 보면 아마도 권수로는 백 권이 훨씬 넘어 보인다.

소설가 L씨가 어느 신문에 자신의 책이 천만 권 이상 팔렸다고 고백한 기사를 읽고 내 책이 얼마 정도 팔렸던가 계산해본 적도 있다. 7백만 권 이상은 무난하게 암산되는 것을 보면 책이 어지간히 많이 팔리기도 팔렸던 모양이다. 그런 질문 끝에 사람들은 또다시 이렇게 물어온다.

"그 많은 책들 중에서 어느 책이 마음에 드십니까?"

그럴 때면 나는 난감해진다. 수십 명의 아이를 낳아도 모두 내 자식인 것처럼 내가 쓴 모든 소설은 좋든 나쁘든 내 의지의 소산이어서 어느 책이라고 특별히 애착이 가고 어느 책이라고 특별히 버리고 싶은 유산이라는 느낌을 가져본 적이 없었기 때문이다.

그럼 나는 또 이렇게 대답하곤 한다.

"손가락 열 개 중에 깨물면 아프지 않은 손가락이 어디 있습니까. 내가 쓴 소설이면 다 내 새끼들이니 모두 예쁘고 사랑스럽지요."

그러나 사람들은 쉽게 물러서지 않는다. 그들의 질문은 의외로 짓궂고 의외로 집요하다.

"그래도 특별히 마음에 드는 주인공이 있지 않겠습니까. 특별히 마음에 드는 주인공은 누구입니까?"

물론 나는 백 권이 넘는 소설을 써왔으므로 소설마다 내가 창조한 주인공들을 갖고 있다. 일테면 『별들의 고향』의 오경아, 『길 없는 길』의 경허 스님, 『지구인』의 이종대, 『적도의 꽃』의 오선영, 『겨울나그네』의 정다혜와 한민우, 『불새』의 김영후, 『내 마음의 풍차』의 영후 그리고 최근에 낸 『사랑의 기쁨』의 주인공 한유진과 김채희 등 내가 창조한 소설 속 주인공들이 책 속에서 살아 움직이고 있는 것이다.

그뿐인가.

굳이 소설 속의 주인공들이 내가 지은 이름을 가진 남자나 여자가 아닌 불특정의 대상일 때도 있다. 가령 『잃어버린 왕국』에서는 '나'라는 화자가 나오지만 이 소설의 진짜 주인공은 '백제' 왕국이다. 또한 『왕도의 비밀』의 주인공도 역시 화자인 '나'와 '광개토대왕'으로 말할 수 있지만 정확히 표현하면 '고구려'의 왕국이 소설의 진짜 주인공인 셈이다. 『어머니가 가르쳐준 노래』에서는 나를 낳은 '어머니'

가 주인공이었으며 『샘터』에 25년 가까이 연재하고 있는 『가족』의 주인공들은 나와 아내 그리고 다혜와 도단이를 비롯한 내 주위의 모든 사람들인 것이다.

따라서 내가 창조한 주인공들은 내가 쓴 소설의 양보다 많다. 대부분 소설의 주인공들은 서너 명이고 그보다 많은 조연들이 등장하고 있으므로 내가 창조한 인물들을 한곳에 모아 집합시킨다면 아마도 대대 하나는 형성할 수 있을 것이다.

그중에서 마음에 드는 주인공을 선택한다는 것은 일종의 억지에 불과한 것이다. 그러나 잊혀지지 않는 주인공을 골라내는 것은 어려운 일은 아니다. 왜냐하면 어떤 주인공들은 그 창조자인 나의 생애에 깊숙이 관여해서 내 인생에 큰 영향을 미쳤던 인물이기 때문이었다.

그 인물들 가운데 하나는 바로 『별들의 고향』의 경아였다. 조선일보에 그 연재소설을 쓸 때 나는 만 스물여섯 살의 청년작가였었다. 『별들의 고향』이 내가 쓴 최초의 장편소설이라면 경아는 내가 창조해낸 최초의 주인공이자 내 문학의 에덴동산에서 태어난 최초의 인간 즉 이브인 셈인 것이다. 『별들의 고향』은 나를 유명하게 만들어준 출세작인 동시에 나를 문학의 동산에서 스스로 원죄를 짓고 추방시킨 실낙원의 작품이다. 이 동산에서 나는 금지되어진 선악과를 경아에게 따먹게 함으로써 벌거벗은 그녀를 추방시켰으며 그녀는 스물여섯 살의 아까운 나이로 눈이 내리는 도시의 거리에서 수면제를 먹고 스스로 죽어갔던 것이다.

1974년에 첫 출판된 이 소설은 백만 부가량 팔린 슈퍼베스트셀러였다. "오래간만에 같이 누워보는군"으로 시작되는 개그맨들의 농담이 유행하면서 이 책을 읽어보지 않은 신세대들에게도 잘 알려진 버림받은 여인 경아. 그녀는 아직도 내 이름 앞에 접두사로 존재하고 있다. 소설로 영화로 광고로 사진으로 번져나가서 경아신드롬을 일으켰던 이 작고 예쁜 아가씨는 1970년대 산업사회의 주인공으로 상징화되었으며 여전히 내 젊은 날에 잉태한 사생아로서 내가 창조한 첫딸로 불리고 있다.

경아는 20대의 청년시절 내 청춘의 초상이다. 그러므로 경아의 모델은 바로 나 자신이었던 것이다. 한번 흘러가면 다시는 돌아가지 못하는 먼 강가의 강물처럼, 구멍을 통해 흘러내려와 5분이면 정확히 텅 비어버리는 모래시계의 모래알처럼 덧없이 흔적 없이 사라진 그러나 한때는 분명히 존재하였던 젊은 날의 내 모습들이었던 것이다.

경아의 처녀성을 짓밟은 것도 나 자신의 욕망이었고 경아의 몸과 마음을 짓밟아 무너지게 만든 것도 나 자신의 욕망이었다. 모든 것이 서투르고 모든 것에 질풍노도의 적

개심을 갖고 있던 내 젊은 날의 먼 뒤안길에서 경아는 내가 혀를 깨물고 자위행위를 하던 상상의 신기루였다. 내 이기주의가 만들어낸 살아 있는 인형이자 장난감이었으며 그리고 나의 또 다른 분신이었다.

그러므로 나는 철저히 경아를 망가뜨리고 파괴하였으며 그녀를 잔인한 방법으로 고문하고 죽여버렸다. 내 젊은 날의 위선과 악덕을 경아는 근친상간적 묵계로써 받아들였다. 경아가 없었다면 나는 니체처럼 발광하였을지도 모른다. 경아는 내 모든 욕망을 받아들여 나를 허공에서 지상으로 착지시켜주는 성처녀였다. 그러므로 싫건 좋건 나는 경아의 그림자를 지울 수가 없다. 경아는 내가 낳은 소설 속의 주인공이 아니라 내가 실제로 죽인 속죄물이다. 명예와 야망에 불타던 내가 제단 위에 올려놓은 한 마리의 희생양이었던 것이다. 경아를 죽여 피를 흘리게 함으로써 나는 세상을 향해 내 이름을 걸고 선전포고를 할 수 있는 자격을 얻었다. 일찍이 『보바리 부인』를 쓴 소설가 플로베르에게 한 사람이 물었었다.

"선생님이 쓴 보바리 부인은 누구를 모델로 한 것입니까?"

그러자 플로베르는 대답하였다.

"보바리 부인의 모델은 바로 나 자신입니다."

플로베르의 이 대답은 날카로운 정확성을 갖고 있다. 경아 역시 나 자신을 모델로 하고 있다. 경아는 바로 나를 닮은 나의 쌍둥이 동생이다. 성별이 다른 쌍둥이들이 서로 상피 붙는다 하여 불길한 운명의 상징으로 불리듯 경아는 내 몸속에 깃들인 또 하나의 일란성 쌍둥이인 것이다.

그러므로 경아는 내 전생이다. 불교적인 윤회로서 경아는 내가 전생에 지은 업보의 소산인 것이다. 그 어떤 진혼곡도 그녀의 넋을 달래줄 수 없고 그 어떤 천도제도 그녀의 영혼을 떠나보내줄 수 없다. 경아는 유령으로 귀신으로 내 내부에 존재한다.

경아와 더불어 내가 잊지 못하는 또 하나의 인물은 '경허'이다. 경허는 구한말에 살았던 우리나라의 대표적인 선승이다. 경허의 발견은 내게 있어 행운이었다.

1987년 6월 나는 가톨릭으로 귀의하여 베드로란 이름으로 세례를 받았었다. 이것은 내게 있어 엄청난 벼락과도 같았다. 인류의 역사가 그리스도 이전인 B.C.와 그리스도 이후인 A.D.로 나뉘어지듯 내 인생의 역사도 B.C.에서 A.D.로 전환되었던 것이다. 이것은 내 영혼의 내적 혁명이었다.

인류의 역사가 그리스도 이후부터 유사이후有史以後로 전환되었다면 내 인생의 역사도 그 이후부터 비로소 역사를 소유하게 되었던 것이다.

오래전에 읽은 셰익스피어의 『햄릿』 속에서 나는 햄릿이 친구 호레이쇼에게 이런 말을 했던 것을 기억한다.

"호레이쇼야, 이 세상에는 네가 모르는 것이 많이 있단다."

햄릿의 이 말과 마찬가지로 나는 이 세상에는 내가 모르는 것이 많이 있으며 신비로운 영혼의 세계가 존재하고 있음을 깨달았던 것이다.

그 이후부터 나는 집의 문을 걸어 잠그고 두문불출하였다. 그 누구도 만나지 않았으며 머리맡에 평생 처음으로 많은 책을 쌓아두고 하루 종일 수백 권의 책을 읽었다. 주로 가톨릭에 관한 영적 독서물이었는데 어느 날은 집안 거실에 앉아서 앞집 지붕 위를 날아다니는 참새를 하루 종일 지켜보기도 하였다. 어떤 날은 하루 종일 붉은 꽃이 피어나는 선인장을 들여다보기도 하였고 어떤 날은 마당에 핀 해바라기꽃을 하루 종일 바라보기도 하였다. 마치 공양미 3백 석에 팔려가 죽은 심청이 덕분에 눈뜬 심봉사처럼 나는 살아 있는 모든 만물에 대해서 눈을 뜨는 새삼스러운 지각을 느꼈던 것이었다.

그 무렵 우연히 경허의 법어집을 읽게 되었다. 그 책을 읽기까지는 경허가 누구인지 아무것도 모르던 나는 우연히 경허의 법어집을 읽다가 경허의 선시 가운데서 큰 충격을 받은 것이었다.

> 일 없음이 오히려 할 일이거늘
> 사립문을 밀치고 졸다가 보니
> 그윽이 새들은 나의 고독함을 알아차리고
> 창 앞을 그림자되어 어른대며 스쳐가네

참으로 이상한 일이었다.

그 선시 가운데 한 구절 '일 없음이 오히려 나의 할 일'이라는 문구가 순간 내 뇌리를 한 방망이 두들겨 팬 것이었다. 그 짧은 문장의 그 무엇이 나를 호되게 두들겨 팼는지 알 수가 없다. 어쨌든 그 문장 하나가 내 심연에 불을 지폈던 것이었다. 이 구절 하나에서 나는 경허를 만났으며 경허라는 두레박을 타고 불교의 우물 속으로 깊이 들어가 지금까지 한 번도 맛보지 못하였던 청정수를 맛볼 수 있었다.

경허 역시 경아처럼 전생에 내가 지은 업보였던 것이다.

경허는 견성한 후 다음과 같은 선시를 짓는다.

> 청산과 세상은 어느 것이 옳으냐 봄볕이 이르는 것마다 꽃 피지 않는 곳이 없구나

경허의 이 선시가 내게 진리가 되었다. 봄에 피는 꽃을 찾아 일부러 청산 속으로 숨어들어갈 수는 없다. 봄볕이 있는 곳마다 꽃은 피어나고 있는 것이다. 꽃은 우리 집 마당에도 피어나고 있는 것이다. 그러므로 내 마음속에 봄볕이 깃들게 하면 꽃은 자연적으로 피어날 수 있다는 경허의 선시에 매료되었던 나는 그 후부터 3년간 경허를 화두로 삼았었다. 나는 경허처럼 말하고 경허처럼 걷고 경허처럼 밥을 먹었다. 경허처럼 자고 경허처럼 생각하였다. 경허는 내가 만난 가장 매력적인 인물이었다. 그런 의미에서 경허는 내 스승이자 아버지였으며 내 이복형이자 또한 나 자신이었다.

중국의 선승 임제는 이렇게 말한 적이 있었다.

"부처를 만나면 부처를 죽여라."

그러나 경허를 만나고도 나는 경허를 죽일 수가 없었다. 나 자신이 바로 경허였으며 나는 죽여야 할 경허를 달리 찾아낼 수 없었기 때문이었다. 경허의 행장을 찾아서 3년간 『길 없는 길』을 쓰는 동안 나는 작가로서 너무 행복했었다.

내가 만든 소설의 주인공 중에서 또 한 사람 잊을 수 없는 사람은 지금 한국일보에 연재하고 있는 『상도』의 주인공 임상옥이다. 임상옥의 발견 역시 우연한 것이었다. 5, 6

년 전쯤이었던가 나는 어떤 만화책을 보고 있었다. 내 대학 후배가, 다니던 직장을 그만두고 출판사를 차린 후 그 첫 번째로 출판한 것이 아이들에게 읽혀줄 우리나라의 대표적인 인물들을 만화로 그린 만화책이었던 것이다. 그 만화책 속에서 나는 우리나라 최대의 무역왕이었던 임상옥을 서너 페이지의 짧은 그림책으로 발견할 수 있었던 것이다.

예부터 '사농공상'이라 하여서 상업을 가장 천시하였던 우리 민족에게 이렇게 훌륭한 상인이 있다는 사실에 나는 큰 감명을 받았었다.

다가오는 21세기는 바야흐로 경제의 시대. 이데올로기도 사라지고 국경도 사라진 21세기 지구촌에서는 오직 경제만이 이니셔티브를 장악하는 유일한 지름길이라고 생각한 나는 우리나라 경제인들에게도 자랑스러운 조상이 실재하였음을 알리고 싶었다. 언젠가 나는 유명한 기업가인 K씨로부터 "우리나라에는 사업가로서 존경할 만한 사람이 없다. 흔히 장보고를 무역왕이라고 말하지만 솔직히 말해서 그는 해적이지 무역상인은 아니다"라는 말을 들은 적이 있다.

K씨의 말은 정확하다. 우리 민족에는 자랑할 만한 상인이 없었다. 그러므로 귀감이 될 만한 인물이 없었던 것이

다. 지금까지 우리나라의 경제는 정경유착, 부정부패, 매점매석과 같은 정도가 아닌 사도邪道에 의해서 발전돼왔다. 따라서 우리의 경제인들은 이익을 추구하는 비윤리적이고 부도덕한 샤일록으로 인식되어왔던 것이다.

상업에도 정도는 필요한 것이다. 상업도 하나의 도道인 것이다. 수도자들이 수도함으로써 도를 이루어 부처가 될 수 있듯이 나는 사업가도 정도의 사업을 함으로써 부처가 될 수 있다고 믿고 있다. 사업을 통해 돈을 벌고 재물을 무기로 해서 쾌락을 추구하고 물신에 예배한다면 그는 마침내 비참하게 멸망할 것이다.

공교롭게도 이 소설은 IMF시대 이전에 연재되기 시작하였는데 연재 도중 IMF 사태가 터지면서 상도의 주인공 임상옥은 그리스도의 출현을 예고하는 세례자 요한처럼 시대적 예언자가 되었다.

IMF는 외환의 위기에서 비롯된 것이 아니다. IMF는 부도덕한 상도의와 온 국민이 섬기던 그릇된 우상 즉 물신의 거품에 의한 필연적인 결과였던 것이다.

우리나라가 낳은 최대의 무역왕 임상옥은 평생을 통해 이런 명언을 낳았다.

"재물은 평등하기가 물과 같고 바르기가 저울과 같다財上平如水 人中直似衡."

평생을 통해 최대의 무역왕으로 상업의 부처가 되었던 임상옥의 이 한마디야말로 오늘날 상업을 하는 기업가들에게 귀감이 될 만하다고 나는 생각한다.

"재물은 결국 물에 불과한 것이다."

물을 소유하려고 가두면 물은 썩어버리는 것이다. 애당초 인간에게는 소유가 존재하지 않는 것이다. 임시로 잠깐 소유할지는 몰라도 영원히 소유할 수는 없는 것이다. 물은 서로 나누어 쓸 수밖에 없는 공유물이다.

일찍이 진나라의 왕연王衍은 세속을 혐오하였는데 특히 돈에 관한 말은 입에 담기조차 꺼렸다. 어느 날 그의 아내가 남편을 시험하려고 그가 자고 있는 사이에 하녀에게 명을 하여 침대 주위에 돈을 깔아두었었다. 잠을 깬 왕연은 침대 밑에 깔린 돈을 보고는 소스라치게 놀라서 소리 질렀다.

"아도물을 집어치워라."

여기서 말한 '아도阿堵'는 당시의 속어로 '이 물건'이란 뜻이었다. '돈'이란 말조차 입에 담기도 싫어했던 사람이었으므로 '돈을 치워라' 하지 않고 이 물건을 치워라 하고 말하였던 것이다. 이로부터 '아도물' 하면 곧 돈을 지칭하는 말이 되었는데 어쨌든 상업은 결국 이 '아도물'을 획득하는 것이 아니다. 만약 상업의 정도가 돈 즉 아도물을 추구하는 작업이라면 이는 남의 주머니를 터는 강도짓과 다름이 없는 것이다.

결국 재물은 물과 같은 것이며 또한 그 것을 소유한 사람도 많이 가진 사람이건 적게 가진 사람이건 저울처럼 평등하다는 것이 임상옥의 철학이었던 것이다.

재물은 이 세상으로부터 빌린 것이다. 인간의 귀함과 천함은 많이 가지고 못 가진 소유의 개념으로 판단할 수 없으며 인간의 존엄성을 저울로 달아서 분별할 수 없는 것이다.

『별들의 고향』의 경아와 『길 없는 길』의 경허와 『상도』의 임상옥은 내가 인생의 여정에서 만났던 다정한 친구들이자 나 자신의 분신들인 세 모습이다.

그러나 이 세 사람보다도 더 내가 잊지 못할 주인공은 아직 태어나지 않은 미래의 주인공들이다. 이미 태어난 아이보다 아직 태어나지 못한 미래의 아이야말로 진정한 의미의 나의 적자嫡子인 것이다.

아직 태어나지 않은 주인공을 창조하기 위해서 나는 고뇌한다. 고뇌하고 꿈꾼다. 꿈을 꾸며 사유한다. 사유하며 절망한다. 바라건대 신이시여, 내 자궁이 닫혀 아이를 낳을 수 없는 돌계집으로 만들어 더 이상 아이를 만들 수 없는 석녀가 되지 않도록 나를 도와주소서. 대지의 정충과 대지의 난자가 흥분과 정열 속에 춤추고 끊임없이 교접하여 내 창조의 자궁 속에서 빛이 있으라 하니 빛이 생겨나고 물이 있으라 하니 물이 생겨나는 천지창조처럼 창세기의 아침이 내 영혼 속에서 아직 사라지지 아니하고 영원토록 머물도록 하여주소서.

최인호의 인생 꽃밭

초　판 1쇄 발행　2007년 9월 10일
개정판 1쇄 인쇄　2023년 9월 11일
개정판 1쇄 발행　2023년 9월 25일

지은이 최인호
펴낸이 정중모
펴낸곳 도서출판 열림원

출판등록 1980년 5월 19일(제406-2000-000204호)
주소 경기도 파주시 회동길 152
전화 031-955-0700
팩스 031-955-0661
홈페이지 www.yolimwon.com
이메일 editor@yolimwon.com
페이스북 /yolimwon
트위터 @yolimwon
인스타그램 @yolimwon

주간 김현정　**책임편집** 조혜영
편집 황우정 이서영 김민지
디자인 강희철
마케팅 홍보 김선규 최가인 최은서
온라인사업 서명희
제작 관리 윤준수 이원희 고은정 구지영

ISBN 979-11-7040-217-6 03810